Amor Prohibido
Cathryn de Bourgh

Abbeville

Francia

AÑO 1873

Angelyn lanzó un hondo suspiro mientras contemplaba el paisaje de espeso follaje a su alrededor, bosques, lagos, y a lo lejos pueblitos de campesinos a través de la ventanilla de su carruaje. Tuvo la sensación de que hacía mil años que había dejado su hogar en Lille para llegar a su nuevo hogar en las costas del canal de la Mancha en Abbeville. La travesía duraría días, tal vez una semana entera pues la diligencia las había acercado al condado de Amiens y desde allí debieron hacer una parada y pernoctar por las noches en posadas.

La voz de su vieja nodriza la despertó de su apatía y desasosiego.

—No tema señorita, muy pronto llegaremos.

Ella la miró con expresión de extrañeza. ¿Otra vez? ¿Cuántas veces había oído la misma frase los últimos días? Ese "pronto llegaremos" matizado con otras palabras.

Apartó la mirada de su vieja nodriza y se dijo que ese viaje había sido largo y agotador, tanto que no veía la hora de llegar. De nuevo bosques y más bosques, pueblitos escondidos y miserables, gente hambrienta o con mirada perdida y maligna. La jovencita pensó que no le agradaba la forma en que miraban el carruaje y a pesar de que había sido escoltada por su niñera y dos robustos criados no se sentía segura en ese vehículo. No después de que un grupo de bandidos había intentado robarle su monedero cuando se detuvieron en esa posada de mala muerte a descansar. Angelyn se horrorizó al recordar. Fue un momento espantoso, descendían del carruaje cuando apareció un grupo de malandrines desdentados y sucios, feos como demonios y quisieron robar sus escasas joyas a punta de pistola y cuchillo. De no haber sido por la intervención de sus lacayos y unos criados de la posada, les habrían robado todo y lo peor no fue eso, sino que uno de ellos avanzó hacia ella con lo que su nodriza llamó "aviesas intenciones". Ella no entendía qué era eso de aviesas intenciones, pero no le gustó nada la forma en que la miraba ese cretino, su sonrisa torcida y lo que dijo entonces cuando la rodearon. Eran muchachos feos y de maneras muy vulgares, como los pilletes que había visto en París hacía tiempo robando monederos.

—Aquí está lo más valioso del botín, la más bella flor... conozco a un caballero que pagaría por tener a una señorita tan dulce y hermosa como esta... —dijo y quiso besarla, o lo intentó, pero sus amigos no lo dejaron. No pudieron ni robar ni hacerle daño porque sus lacayos sacaron palos y cuchillos y en pocos minutos apuntaron a su cuello con una daga.

El infeliz rio mostrando una boca de dientes negros y picados mientras reía divertido.

Estaba tan nerviosa que pensó que moriría si ese sujeto la besaba o le hacía daño y esa noche en la posada no pudo conciliar el sueño. Se sentía intranquila, si esos rufianes regresaban, si uno de ellos le hacía algo querría morir. Pues sabía que eso significaba que no podría casarse con ese joven que la esperaba en el castillo. Aunque la boda fuera concertada y no se conocieran, a pesar de que todo se arregló por el albacea de su padre, él la despreciaría si no llegaba pura a su noche de bodas, su niñera se lo había dicho con total crudeza ese día. "Ese malandrín pudo haceros mucho daño hoy mademoiselle, pero el Señor no lo permitió. Alabado sea. Porque si hubiera seguido adelante con sus aviesas intenciones no podrías casarte con el hermano del marqués de Ferbes—dijo con expresión sombría.

Angelyn la miró aturdida. ¿De qué hablaba? Se preguntó y su nodriza le dijo que ese malandrín descarado al parecer planeaba robarle la virginidad y sin eso, no podría casarse. La forma cruda en que se lo dijo la dejó espantada pues nuevamente comprendió que corría peligro en esa travesía, mucho más de lo que había imaginado jamás y aun ahora, rumbo al castillo de Saint Auxerre, la joven se sentía insegura al contemplar la espesura del bosque. ¿Y si acaso regresaban esos bandidos y la atacaban? Su futuro dependía de que llegara sana y salva a su nuevo hogar pues su padre había muerto y su madre le había explicado que en el estamento había una disposición para que se casara con el hijo de un amigo de su anciano padre. Sin esa boda no tendría porvenir. Porque su padre sólo le había dejado una dote y el compromiso con un caballero, la mansión y las tierras las recibiría su hermano Pierre, así que no tenía nada más que un marido que la esperaba para darle un nuevo hogar. Como hija de un antiguo linaje sabía que la boda sería beneficiosa para el hermano de ese marqués. Todos sabían que su padre Eugene de Poitiers era hijo de un antiguo y soberbio linaje emparentado con la vieja casa real francesa. A pesar de que en esos tiempos eso ya no era tan importante, no luego de la triste revolución del populacho, para ciertas personas era fundamental recuperar el antiguo abolengo. Las bodas concertadas entre nobles eran más necesarias que antes, pues muchas grandes familias de Francia habían sobrevivido a pesar de la época del terror y ahora esperaban poder recuperar su lugar y revivir viejas tradiciones. Su nana le había contado cosas terribles de esos tiempos, historias contadas por su madre y por su abuela y el temor a una rebelión seguía siendo latente entre los nobles.

Angelyn regresó al presente y se preguntó por qué su madre no quiso decirle si era guapo. Es que ella siempre se impacientaba cuando le hacía preguntas que no quería contestar. No sabía por qué no quería decirle. Una jovencita de su edad sentía curiosidad por saber cómo sería el hombre con quien pensaba casarse. No había visto siquiera un retrato suyo, sólo sabía que llamaba Etienne y tenía veintitrés años y su nodriza le había asegurado que era un joven de maneras muy agradables como si no fuera necesario decir algo más.

La jovencita miró con expresión ausente por la ventanilla del carruaje y pensó que era extraño no saber cómo era el rostro de su futuro esposo. Ni su voz... No le preocupaba que fuera guapo, imaginaba que no sería muy feo, lo que la inquietaba era que fuera cruel o la ignorara. Lo que más temía era que estuviera disgustado con esa boda y luego... la repudiara como le había pasado a una joven de una novela que había leído hacía poco.

Y de pronto, impaciente le preguntó a su nodriza por su prometido.

—Nana, por favor, dime si el joven Etienne es guapo.

Su nodriza la miró con cara de espanto como si hubiera dicho algo malo, luego reaccionó y la expresión de su cara arrugada se suavizó.

—Es agradable y bondadoso, ya le dije mademoiselle... ¿por qué insiste tanto en saber cómo es su prometido, señorita? De todas formas, deberá casarse con él. Además ¿qué importa la belleza? Lo de afuera se marchita y lo que queda es el alma de una persona, sus buenas acciones y un corazón puro por supuesto....

De nuevo con eso. Su nodriza era la perfecta solterona que sólo leía ensayos sobre moral y buenas costumbres, y decía siempre que la belleza exterior no era más que la cáscara, aunque también le agradaba leer sobre la vida de los antiguos reyes de Francia, tal vez porque era muy remilgada. Mademoiselle Rose Gauvine tenía una historia algo triste, su padre había dejado a ella y a su hermana menor en la ruina, su hermana al menos logró casarse y establecerse en cambio la pobre Rose no tuvo esa suerte, o quizá no le interesó casarse. En realidad, tenía el cabello gris y sus gestos austeros la habían llenado de arrugas y le costaba imaginar que algún momento de su vida hubiera sido bonita como para enamorar a un caballero.

La jovencita suspiró mientras escuchaba una pequeña disertación al respecto sobre la belleza del alma y cuando casi estaba a punto de bostezar escuchó que la anciana decir:

—De todas formas, usted es una joven muy hermosa y no dudo que su prometido estará encantado con la boda. Los caballeros las prefieren bonitas. Aunque la belleza no sea una virtud sino una casualidad, si miraran el corazón en vez de la cáscara pues las cosas irían mejor en este mundo. Es lo que siempre he pensado... pero el pecado...

Ay no, ahora el sermón del pecado. Tuvo que soportar una pequeña disertación sobre el engaño y las apariencias, el pecado de la carne y demás... soportó todo estoica deseando llegar al castillo para no tener que vivir bajo la sombra de una nana vieja y solterona, demasiado tiempo la había soportado. Estaba cansada de su rigidez y reprimendas, la aburrían sus charlas y sermones edificantes. Prefería la compañía de la señorita Elsie, su institutriz, que era de mente más abierta y su charla más interesante. Pero por desgracia Elsie ya no estaba, el año anterior había partido de la mansión y ahora su vida cambiaría, viviría en un antiguo castillo junto a su esposo y su hermano el marqués y su esposa, su nueva familia. Se preguntó si la aceptarían, si sería feliz en ese castillo. Empezaba a echar de menos su casa y no podía evitar que por momentos sus ojos se llenaran de lágrimas al contemplar el paisaje, además luego del episodio de los rufianes se sentía nerviosa, faltaba tanto para llegar al castillo.

Fue entonces lo vio a la distancia, la inmensa mole gris que se erguía en un promontorio, un edificio sombrío y oscuro oculto por un espeso bosque. El castillo de Normandía, hogar ancestral de los marqueses de Ferbes, una fortaleza inmensa y maligna, tan fría... No se parecía en nada a su mansión y a medida que el carruaje se acercaba por el camino empinado su terror aumentó. Un indecible rechazo se apoderó de su alma cuando finalmente llegaron a destino y la voz ronca de su nodriza dijo:

—Bueno, ya hemos llegado, señorita. Sanas y salvas, que es lo principal, aunque algo tarde pues pronto oscurecerá—su voz expresaba alivio.

Angelyn miró la fortaleza con creciente desánimo. Un edificio gris y vetusto, rodeado de valles y sombras, no era lo que había esperado. En su pueblo había castillos mucho más bonitos y alegres, pero ese era de formas puntiagudas y almenadas, como los antiguos castillos medievales y algo en él la asustaba.

Un criado anciano y dos lacayos salieron a recibirles, pero el anfitrión y señor del castillo brillaba por su ausencia, también su prometido. Fue una bienvenida muy fría.

—¿Es usted mademoiselle de Poitiers? —preguntó quién debía ser el mayordomo. Un hombre delgado y muy alto, poco agraciado y de mirada impasible.

Ella asintió y entonces un grupo de criados la escoltaron hacia el interior llevándose luego sus maletas con ademanes enérgicos.

Nada más entrar sintió que un viento helado la envolvía como una mortaja y se le pegaba al cuerpo de forma irremediable, haciéndola tiritar hasta castañear los dientes. Porque en su interior el castillo se veía mucho más aterrador y extraño, lleno de sombras y por momentos vacío y desolado. Observó intrigada los tapices medievales y los cuadros de la sala principal y se preguntó por qué sus anfitriones habían sido tan descorteses al brillar por su ausencia en esos momentos. ¿Acaso no esperaban su llegada o no deseaban que estuviera allí? Vaya, había esperado que fueran más corteses y atentos. Ese gesto la había desanimado y avanzó sigilosa y alerta.

—Por aquí, mademoiselle de Poitiers—le indicó una criada alta de mirada oscura y cofia muy blanca. Parecía muy importante en la mansión. Se preguntó si sería el ama de llaves pues al parecer nadie allí tenía intención de presentarse.

Avanzó con paso inseguro hasta llegar a una habitación de cortinados rojos, una tonalidad oscura y cobriza, allí aguardaba un grupo de damas y caballeros y en el centro un hombre alto de mirada maligna que la miró con expresión hostil. ¿Quién sería? Se preguntó mientras sentía las miradas de la nutrida concurrencia. Odiaba que pasara eso, llamar la atención de esa forma y se sintió peor cuando la criada que la guiaba le dijo en voz baja que el señor del castillo la recibiría en el acto. ¿Entonces el actual marqués de Ferbes se encontraba entre ese grupo de cortesanos de vistoso atuendo y mirada antipática? Se acercó con la mirada baja, esforzándose por dominar sus nervios al sentir ese montón de ojos puestos en ella.

Entonces escuchó su voz y tuvo que alzar la vista. Estaba dándole la bienvenida al castillo con gentiles palabras mientras sus ojos se detenían en los suyos y la recorrían con cierta curiosidad y sorpresa. Fue un momento extraño, más turbador que haber entrado en el salón atestado de gente elegante observándola con fijeza.

Fue algo desconcertante a decir verdad, porque estaba segura que nunca antes le había visto y sin embargo, la intensidad de su mirada oscura la traspasó por completo haciéndola sentir un terror auténtico, mucho peor que las sombras sinuosas que recorrían el antiguo castillo o el espeso y negro bosque que lo rodeaba, esos ojos parecían mantenerla allí, cautiva y aterrada, incapaz de dar un paso o decir palabra, al tiempo que sus mejillas se encendieron cuando él al verla tan turbada dio un paso enfrente y se acercó y sonrió algo burlón.

—Disculpe mademoiselle Angelyn, no quise asustarla. Soy el marqués Maurice de Ferbes y hermano de su futuro esposo—dijo.

Era un caballero alto, de movimientos seguros y ágiles y el hombre más guapo que había visto en su vida. Lleno de energía y vitalidad, sus ojos emanaban una fuerza especial.

La joven asintió murmurando una frase corta en son de saludo.

—Vaya, es usted realmente muy bella, señorita Poitiers. Mi hermano es muy afortunado—dijo el marqués de forma inesperada.

Ella lo miró con curiosidad y notó que vestía una casaca con botones dorados pantalones negros y una camisa de cuello almidonado muy blanca. Su atuendo era cuidado y también, al estar tan cerca de ese caballero pudo percibir un perfume agradable y seductor.

—Gracias señor marqués, es usted muy gentil—respondió y desvió la mirada con timidez hacia el grupo.

Él no hizo ningún ademán para presentarla, sino que se quedó allí muy cerca, observándola, haciéndola sentir mucho más turbada que antes porque se preguntó si aprobaba la boda de su hermano con ella.

Sin embargo, el caballero no pensaba en si sería o no una buena esposa para su hermano, la boda había sido concertada en vida de su padre así que nada podría cambiarse.

—Lamento mucho no haber podido asistir al funeral de su padre señorita Poitiers—dijo de pronto muy serio.

Angelyn asintió y sintió pena al pensar en su padre, en su antiguo hogar.

—Damas y caballeros, quiero presentarles a la dama Angelyn de Poitiers, la prometida de mi hermano Etienne—dijo entonces su anfitrión.

La joven se sonrojó al notar que uno a uno se acercaban los invitados para rendirle el debido homenaje, saludándola y felicitándola por su boda. Ella mantuvo la mirada baja sin saber qué hacer o decir mientras le subían los colores a su rostro. No se sentía cómoda, tantas damas y caballeros ricamente ataviados en el salón del magnífico castillo y ella con su traje de media tarde pues no quería lucir sus vestidos más costosos durante una travesía tan dura.

Fue un alivio poder escapar de esa inesperada exhibición, cuando el marqués dijo en voz alta:

—Creo que la futura esposa de mi hermano necesita descansar luego de tan largo viaje. ¿No es así? —dijo de repente.

La joven lo miró agradecida y luego aceptó que una criada la llevara a sus aposentos. El señor del castillo le dijo algo al oído a la criada y esta asintió con un gesto mecánico. Qué extraño. Sin embargo, se sintió aliviada de que esa noche no la exhibieran ante ese séquito de nobles remilgados y tuviera que conversar con ellos.

Pero cuando llegó a sus aposentos se sintió extraña. A salvo de la mirada del marqués, pero desconcertada porque todo le parecía nuevo y peculiar, distante. Ese no era su hogar y era un lugar tan raro y sombrío... bueno es que no estaba acostumbrada a vivir en un castillo, tal vez fuera eso. Toda su vida había vivido en una mansión campestre, una casa inmensa y antigua, pero con algunas comodidades modernas.

Observó el mobiliario antiguo a su alrededor estilo barroco que abundaba con sus arabescos y dorados en sillones y poltronas, mesas de tocador y para escribir cartas. Esa mesita dorada la atrajo como un imán, era hermosa, y luego vio la cama con cortinados, una habitación inmensa y espaciosa como de princesa y se sintió afortunada. A pesar del clima enrarecido del castillo esa habitación era hermosa.

Una criada llegó poco después y le llevó una bandeja de plata con la cena: un delicioso pollo con salsa de especias, pan recién horneado y una gran manzana de postre. Observó los alimentos hambrienta y mientras se sentaba en la mesa que había en un costado para comer se preguntó dónde estaba su prometido. Diablos, ¿acaso le fue presentado y ella aturdida y asustada como estaba no le prestó atención? ¡Qué descuido tan imperdonable!

Luego cuando fue su nodriza a saludarla supo la verdad.

—Mañana me iré mademoiselle, a primera hora. El marqués insistió en que me quede a pasar la noche hoy y que puedo quedarme el tiempo que desee, pero no deseo abusar de su hospitalidad—declaró.

Angelyn le agradeció su compañía y ayuda.

—Madame Gauvine, ¿ha visto a mi prometido en el salón?

La dama la miró perpleja.

—No. No le he visto... bueno sólo conversé con el marqués, mademoiselle.

—Es que creo que no estaba. ¿No es extraño que no estuviera?

—Oh, no lo es para nada. Esos caballeros viajan todo el tiempo. No se inquiete, mademoiselle. No le dé importancia.

Tras decir eso su vieja nodriza se marchó.

Así que su prometido brillaba por su ausencia. Cuánta frialdad de su parte, o tal vez desinterés al no presentarse en el comedor para darle la bienvenida. Había hecho un largo viaje para casarse con él y ni siquiera se dignó a verla, ¿acaso no sentía curiosidad, no lo obligaba el decoro y la educación a presentarse por lo menos? Pronto iban a casarse y ella había viajado durante días para llegar al castillo y en cambio encontró a quien sería su cuñado mirándola con expresión rara... qué hombre tan extraño, maligno y a la vez... no sabía qué pensar del señor del castillo. No le agradaba la forma en que la había mirado ni la agitación y el terror que le había provocado esa mirada y su presencia. Nunca había sentido algo como eso, jamás un caballero le había despertado tal miedo y turbación. Tal vez debió ser el viaje, el castillo y sus nervios lo que le provocaron tal desconcierto. No estaba segura, pero por el momento estaba demasiado cansada para investigar la habitación y al ver la cama aguardando, blanca y blanda no pudo menos que acercarse y tenderse luego de quitarse la capa de fino paño que había llevado ese día para el viaje.

TUVO SUEÑOS EXTRAÑOS, inquietantes, soñó que estaba recorriendo el castillo con un candelabro, envuelta en sombras, con paso apurado como si alguien siguiera sus pasos y tuviera miedo. Sabía que debía esconderse, regresar a su habitación cuanto antes, pero las escaleras eran interminables y todo el tiempo sentía la maligna presencia siguiendo sus pasos. ¿Quién era, diablos? No podía ver su rostro, pero sí oía sus pisadas con claridad y podía sentir cierto peligro al acecho. Debía escapar, correr, y entonces, mientras corría sintió que esa criatura nefasta la atrapaba y enredaba entre sus brazos haciéndola dar un grito espantoso, un grito horrendo y ahogado que luchaba por salir de su garganta...

Angelyn comprendió que todo era un sueño y despertó y vio la cara de espanto de la doncella que estaba allí mirándola con una bandeja de plata en sus manos.

—Señorita, tranquila, fue una pesadilla... no hay nadie aquí—dijo para calmarla.

La joven respiró hondo e intentó calmarse, pero sudaba y sentía el temblor en su corazón por haber sentido esos brazos aprisionándola. Esa cosa maligna la había atrapado y no podía escapar, no podía moverse, estaba inmovilizada y a su merced... entonces pensó en ese bribón que había intentado propasarse ese día y la miraba como si fuera un lobo hambriento, tal vez todavía sentía pavor al evocar ese momento y por eso lo había soñado ese día o a lo mejor era ese castillo sombrío que despertaba sus malos recuerdos... lo cierto es que se incorporó y dejó que la doncella la ayudara a cambiarse de ropa.

—Le traje algo para desayunar, señorita, imagino que ha de tener hambre. Me llamo Betty, seré su doncella personal, el marqués me pidió que viniera temprano.

El marqués... ¿y dónde estaba su prometido? ¿Lo vería ese día? ¿Se parecería a su hermano? ¿Tendría esa mirada profunda tan turbador? Esperaba que no...

Tomó la bandeja y comió en silencio, todavía le duraba el susto por ese horrible sueño.

Mientras bebía leche caliente con miel notó que la doncella la miraba con cierta curiosidad. Parecía amistosa y debía tener su edad, así que sin saber por qué se sintió animada para hacerle preguntas.

—Mi prometido... ¿es que no vendrá hoy? —quiso saber.

La doncella de cabello oscuro y mirada vivaz pareció sorprenderse por la pregunta.

—Oh, ¿acaso nadie le avisó mademoiselle? —dijo a su vez.

—No.... no, ¿qué ha pasado?

—Es que el señor Etienne se marchó hace unos días mademoiselle Angelyn, pero no se preocupe, regresará pronto.

—Entonces, ¿mi prometido está de viaje?

La doncella asintió.

—Pero vendrá pronto mademoiselle y, además, el marqués se encargará de hacer los preparativos para su boda. Quiere que su hermano se case cuanto antes y...

—¿De veras? Entonces... dime algo por favor, ¿Etienne es guapo, se parece a su hermano?

La doncella se mostró reticente, hubo un cambio en su mirada como si estuviera algo inquieta por lo inesperado de la pregunta.

—Es que no se parece señorita. El señorito Etienne es rubio y en cambio su hermano es moreno de ojos muy oscuros... En realidad, ellos no se llevan muy bien, pero... no debí decir eso.

—Está bien, comprendo. Es que sentí curiosidad. Voy a casarme con el hermano del señor de este castillo y no lo he visto jamás—replicó la joven nerviosa.

La criada sonrió comprensiva.

—Pero él estará muy complacido cuando la vea mademoiselle, es usted muy hermosa—le respondió.

Pensó que lo decía por cortesía, en realidad no creía que fuera hermosa.

—El marqués lo dijo mademoiselle, dijo que era muy hermosa señorita y que se ve saludable. Él no ha tenido mucha suerte con su esposa, ¿sabe? Sólo engendró un hijo y lo perdió y luego no volvió a quedar encinta.

—Oh, qué triste.

Angelyn pensó que tampoco había visto a la marquesa el día anterior.

—Sí, es una tristeza para él no poder tener hijos y creo que por eso está feliz de que su hermano vaya a casarse con una dama saludable y bella como usted.

—¿Y cómo es él, mi prometido? —su mente regresaba a su futuro esposo, no podía evitarlo y de repente se animó a ir un poco más lejos y preguntarle a la doncella: —¿Es muy guapo?

Esta sonrió de forma espontánea.

—Creo que es muy guapo, más que su hermano, al menos es lo que todos dicen... El joven Etienne además es muy agradable y bondadoso, será un marido muy bueno para usted, mademoiselle Poitiers.

No tuvo más información que esa, era guapo, amable, y bondadoso.

—¿Y por qué se fue de viaje? ¿Acaso nadie le avisó que vendría? —se quejó entonces.

—Es que tenía asuntos que resolver en París, mademoiselle, por eso. Pero regresará en unos días.

Angelyn no hizo más preguntas, el día comenzaba, pero luego al ver que finalmente se había desatado un vendaval anoche y todo estaba húmedo pensó que ese día no habría mucho para hacer. Su nueva vida en el chateau de Saint Auxerre comenzaba y no precisamente de la mejor forma: sin su prometido y con esa bendita lluvia.

Ese día se sintió tan aburrida que casi extrañó la compañía de su vieja nana, pero hasta ella se había marchado y debía aceptarlo. Ahora tendría nuevos criados y también una nueva familia.

LA DONCELLA MELISSA tenía razón, al castillo llegaban parientes y amigos del marqués: hermosas damas con opulentos trajes de fiesta y caballeros con elegantes casacas y modales encantadores y se quedaban días.

Angelyn se sentía mucho más tímida en presencia de extraños y casi le alegraba que el conde le permitiera quedarse en su habitación la mayor parte del tiempo y no se ofendía si no participaba de los juegos de cartas ni partidas de caza. Pasaba el día entero leyendo, escribiendo alguna carta o dando paseos a media mañana si el tiempo lo permitía mientras esperaba confiada que su prometido llegara de un momento a otro. Le gustaba estar sola y pasar desapercibida, su anfitrión siempre la saludaba amable pero su presencia le provocaba una turbación espantosa que no lograba controlar y odiaba sentirse así. No podía entender por qué le pasaba eso, creía que era simple timidez, pero... Su mirada tan intensa la asustaba, no soportaba sentir esos ojos puestos en ella, tenía la sensación de que la desaprobaba, o que estaba estudiándola para saber si realmente sería una buena esposa para su hermano. Su doncella dijo que él pensaba que era adecuada porque se veía saludable, pero Angelyn no le creía demasiado. Era un caballero reservado y silencioso, a pesar de que en presencia de sus amistades se mostraba más locuaz y distendido, cuando no había invitados se mostraba taciturno en compañía de su esposa. Sentía curiosidad por conocerla y cuando eso ocurrió se llevó una sorpresa.

Se encontraban almorzando con algunos comensales cuando llegó la marquesa Delphine y los caballeros se levantaron de sus sillas en señal de respeto. Angelyn notó que el marqués se acercaba solícito a saludar a su esposa y ayudarla con su silla.

Era una joven algo regordeta y de baja estatura y cabello oscuro y ojos de un color azul desvaído, sin vida, triste y pálida, muy pálida como si no tuviera salud. Angelyn siguió sus movimientos con cierta ansiedad y aguardó a que le fuera presentada. Entonces su mirada se encontró con la del marqués y este le dijo algo al oído a su esposa.

—Querida, ella es mademoiselle Angelyn de Poitiers, la prometida de Etienne.

La dama se detuvo y la miró con curiosidad y luego su mirada cambió.

—Encantada, mademoiselle—dijo y su mirada oscura parecía recorrer su figura sin ocultar su disgusto y rabia mientras intentaba esbozar una sonrisa.

La jovencita respondió con un saludo y una reverencia.

Luego todos se sentaron y comenzó la conversación.

Ella tuvo la sensación de que le habló por cortesía, pero luego de hacerle algunas preguntas sobre su familia la olvidó por completo, sumida como estaba en sus propios pensamientos. La presencia de su marido parecía afectarla, notó cierta tensión entre ambos a pesar de que él la trataba con suma cortesía en gestos y palabras. La marquesa en cambio parecía malhumorada y sombría, como si estuviera molesta por alguna pequeña desavenencia con su esposo. O tal vez tuviera esa forma de ser.

A media tarde y aprovechando el buen tiempo el marqués y su esposa organizaron un picnic en los jardines, pero Angelyn no fue invitada y regresó a sus aposentos a leer un libro.

Su situación era algo extraña. Era la invitada, la prometida del hermano del señor del castillo, pero no siempre era incluida en los almuerzos y cenas, ni tampoco en las distracciones reservadas al parecer a los invitados de más categoría. Lo que le resultaba ingrato y desconcertante a la vez al igual que la ausencia de Etienne. Pasaban los días y nadie mencionaba cuando regresaría como si este hecho no fuera relevante.

La jovencita se sentía una extraña en ese castillo, como si ese caballero le hubiera dado refugio y no fuera su invitada y futura parienta. Hasta su amabilidad parecía forzada y, sin embargo, a pesar de ello, su presencia seguía siendo tan perturbadora como el primer día.

MIENTRAS ESPERABA QUE su prometido llegara, día tras día, esa mañana gris de comienzos de otoño decidió escribir una carta a su tía para tranquilizarla y también ocupar su tiempo leyendo buenos libros y bordando, si la luz era buena.

Sus pensamientos volaban lejos mientras bordaba flores en pañuelos y se preguntaba si su futuro esposo estaría de acuerdo en que bordara sus iniciales en las sábanas y demás. Su tía le había dicho algo contradictorio con respecto a bordar todo el tiempo.

—Querida niña es mejor que ocupéis vuestro tiempo leyendo un buen libro o tocando el piano, porque el bordado suele impacientar a los caballeros. Algunos se quejan de que sus esposas se lo pasan bordando en las reuniones de etiqueta porque es una costumbre algo extendida en estos tiempos, así que no exageres querida, no bordes en presencia de tu esposo.

Angelyn observó las bellas flores bordadas y suspiró. Le encantaban las labores de aguja y ella misma había remendado algunos vestidos que le habían obsequiado sus familiares más pudientes. Todos los vestidos, casi nuevos de sus primas iban a parar a su guardarropa, excepto algunos que llegaban algo gastados. Pero hacía tiempo que sus padres no podían comprarle vestidos nuevos por eso tuvo que modificar los últimos, para que no se vieran tan deslucidos y anticuados. Les agregó faldas nuevas y mejoró el corsé y las mangas agregándoles encaje. Eso los mejoró bastante.

Un sonido en la habitación la sobresaltó. ¿Acaso había oído pasos?

No podía ser. No había nadie en su cuarto, los sirvientes sólo aparecían a las horas de las comidas o si el marqués les enviaba con algún recado. Sin embargo, sí había oído pasos y sentido una presencia allí, no podía ser, debió imaginarlo por supuesto, pero...

Miró inquieta a su alrededor y sintió unos pasos alejarse con sigilo se incorporó espantada. Al parecer sí había alguien allí.

—¿Quién está ahí? —preguntó con voz aterrada.

No tuvo respuesta.

Dejó el bordado sobre la mesa y se acercó al final de la habitación con paso tembloroso.

—¡Por favor! Llamaré a los criados si no se va ahora—farfulló con voz aterrada. Una voz que a ella le sonó muy extraña y desesperada.

Entonces sintió unos pasos alejarse en silencio, muy despacio, para luego cerrar la puerta con un movimiento suave, muy suave. Pero ¿cuál puerta? Nadie pasó frente a ella, y la puerta de su habitación solía estar cerrada. Eso no podía ser.

Se quedó aterrada incapaz de hacer nada, entonces era verdad, alguien había estado espiándola, y demonios, no había sido la primera vez. No deseaba ponerse histérica, pero tenía la sensación de que en ese castillo había un fantasma que la acechaba. Luego se preguntó si un fantasma podía dar pasos y cerrar puertas como acababa de ocurrir...

Cuando pudo vencer su terror fue a investigar y entonces vio la puerta principal abierta de par en par y a una mujer mayor, de mirada fija.

No parecía una criada, era demasiado anciana y su atuendo elegante, un vestido negro de terciopelo y encajes resaltaba la palidez de su rostro macilento y marchito, los ojos hundidos que parecían mirar sin ver con un moño estirado blanquísimo que ostentaba broches con brillantes. Al igual que su cuello adornado por un gran camafeo de plata y piedras.

Antes de que pudiera preguntarle qué hacía en su habitación la dama comenzó a hablar.

—Emelie, ¿eres tú? Lo sabía... dijeron que habías muerto. Mintieron. Sabía que no era verdad, que no podía ser.

—Señora, no soy Emelie, soy Angelyn de Poitiers y voy a casarme con el joven Etienne—replicó la joven algo nerviosa por la confusión de la dama.

—Etienne—repitió contrariada.

—Sí, soy huésped en el castillo. Soy la prometida del joven Etienne. Llegué aquí hace unos días y espero el regreso de mi prometido.

La anciana pareció entender que se había equivocado y eso le provocó confusión y cierta tristeza.

—Emelie ¿por qué tratas de confundirme? Sé que eres tú. ¿Por qué no quieres hablar conmigo? ¿Es que no sabes quién soy?

Angelyn comprendió que la anciana desvariaba y tuvo miedo, ¿cómo llegó a su habitación? ¿O acaso alguien la envió para asustarla? ¿Pero quién haría eso?

Nerviosa tocó la campanilla para que acudiera una criada en su ayuda. La anciana realmente se veía nerviosa, afectada y si estaba loca pues no quería que estuviera cerca de ella.

Por fortuna una doncella llegó casi enseguida y al ver a la anciana le habló con mucha suavidad y se la llevó. Poco después apareció su doncella Melissa.

—Qué ocurrió mademoiselle? Se ve pálida. ¿Acaso se siente indispuesta? — Preguntó.

—Es que había una anciana aquí, se la llevaron, pero me asustó mucho, apareció de repente y... Me llamó Emelie y no me creyó cuando le dije que mi nombre era otro, pensó que le mentía—balbuceó Angelyn.

—Lo siento mademoiselle, debió escaparse... Seguramente fue madame Arlenne es la tía del marqués y desvaría por la edad. La pobrecita perdió a su hija aquí y no se resigna, no cree que... discúlpela. La dama no quedó muy bien.

—¿Su hija se llamaba Emelie?

La criada asintió.

—Sí, falleció hace años, la pobre estaba comprometida en matrimonio con un caballero y meses antes de la boda enfermó de gripe y murió. Nunca se recuperó y a veces... también llama Emelie a la marquesa madame Delphine. No puede aceptar que su hija ha muerto, ¿comprende? No se asuste, por favor, es una dama inofensiva... ¿Dónde está ahora, se fue?

—Se la llevó una criada.

Melissa suspiró.

—Puede estar tranquila mademoiselle Poitiers, no le hará daño. Sólo es que a veces se escapa de sus aposentos con la excusa de que busca a su hija, pero no hace nada más que eso. En ocasiones desvaría sí, confunde la realidad, pero es una dama tranquila.

Angelyn aceptó la explicación no muy convencida. La visita de la anciana la dejó muy nerviosa. ¿Acaso esa parienta del marqués había estado espiándola, entrando sigilosa a su habitación con la necia idea de que ella era su hija muerta?

—Mademoiselle, se ve nerviosa, le traeré el té.

Nuevamente debería quedarse en su habitación pues no la incluirían en el almuerzo. Tenía la sensación de que sus anfitriones la mantenían siempre apartada de reuniones y eventos en el chateau, lejos de sus amistades como si todavía no fuera digna de participar.

Hastiada y nerviosa de quedarse nuevamente encerrada se acercó a la ventana para ver ese paisaje otoñal de nubes naranjas y esos caminos llenos de hojarasca naranja, las tonalidades de naranja y marrón tan bonitas. Le habría gustado estar allí, ser parte de los invitados en vez de permanecer alejada en un rincón, observando la alegre fiesta a la distancia una vez más.

Y entonces lo vio montado en su caballo, hombre y animal parecían uno solo. El semental color azabache y crines reluciente y oscuras, sacudiendo la cabeza, visiblemente inquieto y el marqués muy sereno sujetando las riendas, con su elegante traje de montar y sombrero. Sus ojos se desviaron a su figura, sus piernas largas y fuertes, las botas y sus ojos. Aún a la distancia podía sentir la fuerza y el magnetismo de su mirada, provocándole ese temblor que la sacudió hasta lo más íntimo de su ser. Estaba allí y la veía, a la distancia, rodeado de jinetes distinguía su rostro en esa ventana y para demostrarle que era así le hizo una inclinación con su sombrero y se alejó a todo galope.

Angelyn se alejó de la ventana ruborizada. ¿Qué diablos pasaba con ella? No debía estar allí espiando. El marqués la había visto y pensaría que le gustaba fisgonear.

La joven se preguntó mortificada cuándo regresaría su prometido. ¿Es que siempre sería una intrusa en ese castillo esperando a su novio? ¿Por qué tardaba tanto? ¿Acaso él estaba escondiéndose de ella y no quería esa boda? ¿Qué haría si se quedaba sin su prometido, sin la boda que sus padres habían planeado hacía tanto tiempo? Estaba en el testamento, y el padre del actual marqués dio su consentimiento para la boda. Había sido concertado por ambas partes y este último había estado muy contento con la idea, pero... en esos tiempos algunos jóvenes se rebelaban y hacían bodas románticas, su nana se lo había dicho.

¿Y si la había visto llegar desde un rincón y pensó que no era lo suficientemente guapa para ser su esposa? ¿Si se había casado en secreto con otra mujer?

La mente de Angelyn volaba mortificada. La prolongada ausencia de su prometido, ni siquiera le había escrito una carta, ni parecía haberse percatado de su presencia en el castillo... ¿Qué podía hacer?

Un sonido de pasos la sobresaltó.

—Lo siento mademoiselle, le traigo su té—dijo una criada al notar que la había asustado. Se acercó con una senda bandeja de plata y colocó todo en la mesa de su habitación.

La joven observó todo, la taza de fina porcelana y los platillos con pasteles y un trozo de bizcocho sin demasiado interés. No tenía hambre, sólo quería dejar atrás esa horrible incertidumbre.

LOS DÍAS PASARON Y el marqués la invitó a participar de algún almuerzo o cena en compañía de los invitados. Ella tuvo oportunidad de demostrar su destreza en el piano una tarde mientras todos se encontraban reunidos conversando y varias visitas honraban con su presencia en el gran salón. Las damas se veían tan bellas y distinguidas con sus elegantes atuendos y los caballeros también. La joven damisela se sintió deslumbrada por el brillo de esos vestidos, por lo felices que parecían las damas, todas acompañadas por sus maridos y se preguntó si ella también se vería así algún día.

Trató de concentrarse en la pieza de piano, ya estaba demasiado nerviosa ese día para atormentarse pensando en su prometido del que nadie hablaba. Notó que el marqués la observaba a cierta distancia y ella se esforzó en no fallar.

Y cuando finalmente terminó la pieza de Chopin, sintió los aplausos y felicitaciones a su espalda. Ella en realidad odiaba llamar la atención, pero fue por insistencia de la esposa del marqués que interpretó esa pieza. Esa dama tenía algo extraño, era poco agraciada y siempre se veía malhumorada, pero sabía imponer su voluntad. Angelyn no pudo negarse, era la señora del castillo, la esposa del marqués y no la veía con frecuencia. Vivía recluida en sus aposentos por lo general, afectada por alguna indisposición y ahora al verla junto a su marido pensó que no podía haber pareja más extraña que esa.

—Es usted encantadora, mademoiselle—dijo madame Delphine.

La esposa del marqués asintió con un gesto. No era agraciada, era demasiado gruesa y pequeña, pálida y sus ojos sin brillo seguían sus movimientos, sus gestos mientras su esposo parecía deslumbrado.

Angelyn lo notó y apartó la mirada turbada. Pensó que imaginaba cosas, pero no era verdad, él la miraba porque debía estar muy guapa con su vestido azul de terciopelo, el más nuevo de todos recientemente reformado con los puños y ruedos de falda de encaje negro. La combinación había sido acertada y, además, su doncella había estado horas peinándola y llevaba un moño alto con unos mechones de bucles en las sienes, se veía algo mayor con el peinado, pero le gustaba.

Excepto porque atraía miradas y eso la hizo sentir incómoda al comienzo.

La ausencia de su prometido se hizo notar, porque una dama de vestido color pastel preguntó por Etienne al marqués.

—Oh, pero ¿dónde está su hermano marqués, ¿cómo es posible que esté aquí su prometida y....? —su gesto era de malicia y sorpresa.

Angelyn no pudo escuchar el resto de la conversación, pero sí notó que su anfitrión parecía bastante incómodo mientras decía lo de siempre:

—Es que mi hermano se encuentra en París, madame Chloé. Esperamos su regreso de un momento a otro por supuesto...

Casi conocía la frase de memoria. Y ya no creía en ella. ¿Qué hacía el hermano del marqués en París? ¿Qué asuntos tan urgentes le retenían allí? ¿Negocios, compromisos de la alta sociedad, cualquier distracción era mejor que regresar a su castillo?

Por primera vez tuvo la sensación de que el marqués mentía ¿y lo hacía obligado, forzado por las circunstancias o acaso lo imaginaba? ¿Sería que no sabía dónde estaba su hermano y decía que estaba en París por "compromisos impostergables"? La joven empezaba a temer su respuesta y casi prefería que inventara algo nuevo a tener que enfrentarse a la posibilidad de abandonar ese castillo sin un esposo, sin una boda... Viviendo de nuevo con su madre viuda y austera que la obligaría a buscarse una colocación. No sabía hacer nada más que lo hacía una señorita de su posición educada para agradar y complacer a los demás, para que un día tuviera un esposo y él se sintiera orgulloso de ella. Su única meta había sido el matrimonio desde niña, sabía que se casaría con un noble y tendría una vida acomodada y ahora...

Se vio en el espejo del gran comedor y pensó que su vestido azul no estaba de moda en ese momento, ninguna dama llevaba un escote tan cerrado como el suyo, y ya no pensó que estuviera hermosa como le había asegurado su doncella.

Pero ¿qué importaba eso ahora? Debía saber dónde estaba su prometido. Tarde o temprano tenía que saberlo...

Pero ¿tendría la osadía de preguntarle al marqués? Sabía que no se atrevería y por cortesía se vio obligada a conversar y a quedarse en la fiesta, a participar de la cena y no tardó en notar que su anfitrión no dejaba de buscar su mirada con insistencia.

Casi no pudo probar bocado de los nervios. No entendía por qué hacía eso. No era correcto ni tampoco...

De pronto se puso a conversar con un caballero para distraerse.

—Mademoiselle Angelyn, ¿le agrada vivir en Saint Auxerre? Disculpe mi pregunta, pero... sentía curiosidad. Me pregunto sí esas historias de fantasmas que he oído serán ciertas.

El hombre que le hablaba estaba sentado a su lado y había notado su mirada en ocasiones, pero por supuesto fingió no verlo. Angelyn sonrió con timidez.

—Es que no he visto ningún fantasma aquí, Monsieur Tourenne.

Bueno, eso sin mencionar a la tía del marqués por supuesto.

El conde de Tourenne pareció muy sorprendido con su respuesta.

—¿No? Vaya... Es inesperado. ¿Ni uno solo?

La joven se sonrojó y de pronto notó la mirada del marqués a la distancia, intensa y levemente maligna como si algo lo fastidiara en esos momentos.

—Oh dios mío, creo que he ofendido al marqués—murmuró el caballero. —Es un hombre muy celoso, ¿sabía? Y creo que no es de su esposa que siente celos por supuesto.

La joven dijo no entender de qué hablaba, ¿primero la interrogaba sobre los fantasmas y ahora le preguntaba si el marqués sentía celos por su conversación? Era insólito, vaya, nunca había creído que los caballeros de esa provincia fueran tan directos y osados.

—En realidad puedo entender al marqués. Es un hombre apasionado, lo conozco bien. Ama y odia con intensidad. Aunque creo que por su esposa siente una profunda apatía ¿no cree? Lo que no me sorprende pues fue una unión concertada—sentenció bebiendo su copa de vino.

Angelyn notó que ese caballero tenía la mirada vidriosa y las mejillas muy rojas. Claro, debía estar ebrio, por eso decía esas cosas.

—¿De veras? No lo sabía.

De pronto sintió deseos de saber más del marqués y puesto que el caballero de casaca escarlata y negra parecía muy parlanchín decidió aprovechar la ocasión.

—Por supuesto. Además... es una dama enfermiza, no tiene buen color ¿no cree? Y poco agraciada... En cambio, él es un hombre de mucho carácter y una joven bonita como usted ha de ser una tentación difícil de resistir.

Angelyn tembló de rabia al oír eso.

—¿Qué ha dicho? ¿Acaso desvaría, señor conde? Soy la prometida de su hermano y jamás...—enrojeció mientras replicaba.

—Oh, mil disculpas, mademoiselle. No quise ofenderla—se apuró a decir Monsieur Tourenne—¿Cuándo será su boda? —agregó tal vez intentando cambiar de tema.

—Luego de que regrese Etienne—fue su respuesta.

Los ojos del conde brillaron con astucia.

—Pero nadie sabe cuándo regresará, el marqués fue muy evasivo cuando le pregunté. Tal vez ni él lo sepa. O desee prolongar su ausencia...

—¿Por qué dice eso? ¿Por qué querría el marqués que ocurriera eso? Su hermano se ha ausentado y regresará en unos días, todos lo saben—trató de mostrarse firme, pero ella tenía dudas al respecto. ¿Y si le ocurría una desgracia en el camino y enviudaba antes de la boda?

El caballero la miró con descarada fijeza.

—Tal vez mi amigo Maurice sienta un poco de envidia de que su hermano tenga una esposa tan bonita.

Angelyn miró al marqués y se sonrojó. Era la primera vez que comprendía que tal vez había algo muy extraño en la prolongada ausencia de Etienne. Día tras día esperaba su llegada, pero ni siquiera había noticias suyas, ni una carta... ¿Por qué tanto misterio? ¿Qué había ocurrido con su prometido?

Habría deseado hablar con su anfitrión en esos momentos, pero era imposible, el salón estaba atestado de invitados y la fiesta recién había comenzado.

La cena tocaba a su fin y lentamente llegaban los músicos al salón para tocar una melodía de piano y violines. Angelyn pensó que era tiempo de retirarse, pero el marqués la retuvo con su mirada, intensa, profunda... esa mirada que la atrapaba y turbaba hasta lo más hondo de su ser.

No quería que se fuera, pero no podía invitarla a bailar, su esposa se interpuso mirándola con rabia y desdén y la jovencita; algo avergonzada de sus absurdas fantasías, huyó del salón luego de despedirse de los invitados que estaban a su lado.

Pensó que era tiempo de que hablara con el marqués y lo haría al día siguiente sin falta. No quería quedarse en ese castillo si su prometido no pensaba regresar. Por primera vez desde su llegada intuía el peligro, esa presencia intangible que parecía acecharla casi desde que llegó a la fortaleza con dos maletas y los documentos de su padre que daban fe de que debía casarse sin demora con el hermano del marqués, estaba allí, podía sentirlo y no era un fantasma invisible que la visitaba en su habitación a veces.

Entró sigilosa a su alcoba y llamó a una doncella para que la ayudara con el vestido. Estaba agitada y nerviosa, sonrojada al recordar la mirada del marqués. No era tonta, sabía que ese hombre la miraba con otros ojos y…. no podía creer que lo hiciera siendo como era la prometida de su hermano. Tampoco quería pensar mal del caballero… tal vez miraba así a todas las jóvenes bonitas del castillo y eso no significara algo especial, pero… era incómodo. Incómodo y peligroso. Lo mejor sería marcharse.

Una voz la despertó de sus pensamientos sombríos haciendo que diera un paso atrás, espantada.

—Lo siento, no quise espantarla… Mademoiselle, ¿me llamó usted? —preguntó la doncella.

—Sí—balbuceó Angelyn—es que necesito cambiarme.

—Oh por supuesto… qué pena que se marchara antes, todos están bailando en el salón. El marqués preguntó por usted.

Parecía un comentario dicho al azar sin embargo notó su mirada brillante, pícara, pero prefirió no darse por enterada mientras la ayudaba a quitarse el vestido.

A lo lejos se oía la música del salón, como una suave brisa lejana y agradable pero no podía quejarse, la habían invitado a la cena por lo menos y pudo conversar con personas agradables y distinguidas. Y también saber que debía buscar la forma de escapar de ese castillo cuanto antes. Eso pensaba cuando apoyó la cabeza en la almohada y su cabello rubio como cascada la cubrió casi por completo y en su mente sólo había una cosa: la mirada enigmática y profunda del marqués. No podía quitárselo de la cabeza, esa mirada parecía traspasarla y llegar a un lugar recóndito de su ser. A un lugar tan íntimo que le provocaba placer y pavor, confusión, sin poder entender qué era, sin poder saber por qué diablos no podía dejar de pensar en el marqués, rayos, no podía quitarse a ese hombre de la cabeza.

EL RUIDO DE LA LLUVIA golpeando la ventana de su habitación la despertó y al comienzo no supo qué pasaba hasta escuchó el sonido de pasos alejarse y se incorporó espantada. ¡De nuevo ese fantasma merodeando en su habitación! No podía ser. Quiso gritar, pero sólo pudo cubrirse con la manta de lana y esperar a que se fuera.

Pasos silenciosos, pasos que tal vez no fueran humanos y no era la primera vez que los escuchaba en su alcoba y de pronto recordó las palabras burlonas del conde de Tourenne. "¿Ha visto al fantasma del castillo mademoiselle?" Y ella había fingido no saber nada, pero sabía que alguien entraba en su habitación en las mañanas o en las noches, había sentido su presencia y...

—Señorita Angelyn, ha despertado usted.

Una criada de pulcro uniforme le llevó el desayuno y la joven la observó algo aturdida.

—Oí pasos... ¿tú estabas aquí recién? —parecía una acusación, pero no pudo evitarlo, empezaba a cabrearse pues no era la primera vez que luego de oír al fantasma aparecía una criada en su recámara poco después.

Sin embargo, la criada la miró perpleja, no era la que iba siempre, su cabello era oscuro y sus ojos de un celeste desvaído, sin vida.

—Oh no madame, yo no estaba aquí. Acabo de llegar—le respondió.

—Es que oí pasos hace un momento y luego el silencio y... Me preguntaba si acaso hay fantasmas en este castillo.

La joven se encogió de hombros.

—No hay fantasmas aquí, mademoiselle... quiero decir, nunca he oído de fantasmas. Tal vez estaba dormida y se imaginó oír pasos.

Angelyn la miró molesta, podía tener razón sí, pudo haberlo imaginado en sueños, pero no era la primera vez que ocurría.

—Los fantasmas no caminan, señorita—dijo entonces la criada—ni pueden hacer daño a los vivos tampoco, esas son fantasías que... tal vez alguien le contó eso, pero no es verdad. Nunca he visto un fantasma aquí y llevo años sirviendo al marqués de Ferbes. Tal vez era la lluvia, ¿observa el murmullo?

La jovencita miró hacia la ventana con expresión inquieta, tenía razón, llovía a mares y la lluvia hacía un sonido contra el vidrio como si fueran dedos golpeando con suavidad, pero estaba segura de que ese no era el sonido que había oído minutos antes. Pero se acercó a la ventana para ver la lluvia, llovía de forma torrencial impregnando esos jardines y sacudiendo con su fuerza los álamos y abedules a lo lejos.

—No se inquiete mademoiselle, aquí no hay fantasmas—insistió la doncella y la jovencita se volvió pensando que un nuevo día comenzaba. Y ese día no podía pensar siquiera en marcharse, con ese tiempo ni tampoco interrogar al marqués sobre el paradero de su hermano... Y mientras desayunaba pensó que ese día ni siquiera podría ir a dar un paseo por los jardines.

Se preguntó qué estarían haciendo los invitados en un día tan tedioso como ese, ¿jugarían a las cartas o se quedarían en sus habitaciones leyendo algún libro interesante? Angelyn lo ignoraba, pero sabía que ella no tendría chance de participar de sus juegos, seguía siendo un huésped que esperaba el regreso de su prometido de un momento a otro, pero pasaban los días, las semanas y todo seguía como el mismo día de su llegada. Casi igual...

La jovencita se miró en el espejo y se vio cambiada, sus ojos verdes tenían un brillo especial y sus mejillas eran rosadas y hasta su cabello rubio tenía una tersura distinta. Se veía feliz, radiante y no podía entender por qué si su vida pendía de un hilo, si casi no se atrevía a preguntar por su prometido pues temía la respuesta, temía que el marqués le confirmara sus más negros presentimientos: y era que su prometido había desistido del compromiso, no podía casarse con ella porque estaba casado con otra dama en un país lejano, o que algo horrible le había pasado en su viaje de regreso y estaba muerto...

Su rostro se tensó al oír ese sonido en su habitación, fue como si sus más oscuros temores crearan un clima enrarecido y hostil acercando de nuevo a ese fantasma. Estaba allí, podía sentir su inquietante y turbadora presencia...

—¿Quién está ahí? —dijo con voz histérica—¿Quién está ahí? Por favor...

Su voz se apagó cuando escuchó los pasos alejarse y luego cerrar una puerta no muy lejos de allí. Había ocurrido de nuevo. Y al parecer no era la puerta principal la que se había cerrado... ¿entonces había otra puerta en su habitación? ¿Una puerta secreta que jamás había visto?

Cerró sus ojos y respiró hondo y se dijo que era la segunda vez en el día que sentía la siniestra presencia y era demasiado, quería saber quién rayos estaba haciendo eso porque la criada tenía razón: los fantasmas no caminaban ni cerraban puertas. Y a pesar de eso ella había sentido más fuerte que nunca al intruso en su habitación, tal vez antes de notar su presencia. Airada y asustada recorrió la pieza en busca de la segunda puerta. Pero estaba temblando porque había vuelto a ocurrir y ninguna criada estaba allí de testigo para decirle qué rayos estaba pasando, y no quería preguntarse si era alguien del castillo que planeaba hacerle un daño por eso iba a su habitación. Era inútil echar los cerrojos o cerrar llaves, ese fantasma siempre buscaba la forma de entrar y ese día tuvo la certeza de que no había usado la puerta principal sino una escondida, una puerta que debía encontrar para poder descubrir la verdad.

Su habitación era espaciosa, había una cama, un reclinatorio para rezar, luego una sala pequeña contigua con una mesita y una silla para escribir cartas y a unos pocos metros estaba el vestidor donde se cambiaba y aseaba. No había mucha luz en el lavatorio porque las ventanas estaban echadas así que tuvo que correrlas. Todo estaba tal cual lo había dejado esa mañana luego del aseo. La jofaina, la inmensa bañera de losa con unas pastillas de jabón y hasta el perfume que había usado para el cabello en un rincón. Nada había sido cambiado pero tal vez podía encontrar huellas en el piso de madera. Alguna señal de que hubo un intruso en su habitación hacía escasos minutos. Buscó con ansiedad las huellas y luego recordó la puerta, debía estar en algún lado.

Y de pronto tropezó con ella y lo hizo porque se golpeó fuertemente al hacer corriente con otra habitación. Allí estaba, escondida detrás de la sala de vestir, escondida con unos cortinados pesados y antiguos. ¿Por qué rayos existiría esa puerta? ¿Todas las habitaciones de ese castillo tendrían una puerta secreta? Se acercó y la abrió y entonces se encontró con una sala oscura. Tembló al pensar que el fantasma podía estar allí en algún lugar observándola y su impulso fue cerrar la puerta con fuerza y buscar con desesperación alguna manera de trancarla. Por fortuna encontró dos cerrojos y los echó con decisión, para que ese ser que se había dedicado a entrar en su habitación para espiarla o hacerle daño no pudiera volver a entrar, nunca más. Ahora podría dormir tranquila. Pero no dejaba de preguntarse ¿quién sería la misteriosa presencia en su recámara por qué la espiaba? Lo único que sabía ahora era que no se trataba de un fantasma sino de un ser de carne y hueso, que sabía de la existencia de una puerta secreta en su habitación. ¿Y qué diablos quería? ¿Por qué se introducía como un fantasma y luego se alejaba?

—Mademoiselle Angelyn—dijo una voz familiar—Disculpe que entre así a su habitación.

La joven se quedó tiesa al ver al marqués entrar en su recámara agitado, como si hubiera estado corriendo o algo muy grave hubiera ocurrido.

—Disculpe, es que una criada dijo que no la había encontrado en su habitación ni en ningún rincón del castillo—dijo el caballero.

Ella se sonrojó intensamente.

—Estaba en la sala contigua, no lo oí llegar.

—Entonces fue un descuido de la criada al no revisar la habitación. Quería invitarla a almorzar con nosotros. ¿Le agradaría acompañarnos? En un día como este no habrá paseos ni cacería y sólo podemos conversar y contar historias. Tal vez juguemos a las cartas a media tarde y le agradaría participar.

Ella aceptó encantada, no quería quedarse encerrada, empezaba a temer que tal vez si hubiera fantasmas en ese castillo.

Él sonrió al oír su respuesta y se alejó poco después, antes de que pudiera hablarle del fantasma o preguntarle por la tardanza de su hermano. Casi se había acostumbrado a que no hubiera noticias de su prometido ¿o sería que temía la respuesta? ¿Cuánto tiempo tardaría en decirle la verdad? ¿Por qué su presencia la inhibía e intimidaba haciéndola sentir como una tonta? Debía buscar la oportunidad de hablar con él y preguntarle por su boda, su futuro pendía de un hilo y lo sabía.

Y mientras se preparaba para el almuerzo apareció una sirvienta con cara de espanto.

—Mademoiselle Poitiers, ¿dónde se había metido? El marqués estaba furioso conmigo porque pensó que había huido del castillo.

—¿Huir del castillo? —repitió la joven sorprendida.

—Es que vine a avisarle del almuerzo, el marqués me pidió que le avisara de la invitación para esta tarde y usted no estaba aquí. ¿Acaso había salido?

—No, sólo estaba en la sala de correspondencia—respondió Angelyn con cautela.

—Pero todo estaba vacío, la busqué por todas partes y no la vi. Luego la busqué en la biblioteca y.... imaginé que no saldría un día como este, pero me obligaron a mojarme buscándola en los jardines.

—Pero estaba aquí, siempre estuve aquí, ¿por qué me iría del castillo? No tengo a donde ir—replicó la joven.

Sus palabras sorprendieron a la criada.

—¿Y tú sabes cuándo vendrá Etienne, has oído algo al respecto?

Era la criada a quien veía con más frecuencia y con ella sí se animaría a hablar. La servidumbre del castillo no solía conversar con los invitados, pero ella necesitaba hablar con alguien y saber si había alguna noticia.

—Yo no sé nada de eso, mademoiselle, pero oí algo que... el marqués recibió una carta misteriosa y le pidió ayuda a su amigo Montnoire. Pero ignoro si es por el caballero Etienne y por favor no diga nada que le dije, él me castigará, no quiere que hable... que diga nada a usted de su hermano.

—¿Pero por qué? Por favor, Melissa, debo saber cuándo vendrá mi prometido. No sé qué haré si él no regresa. Es que no tengo a donde ir. Mi padre perdió toda su fortuna y antes de hacerlo, sólo pudo pagar mi dote para esta boda.

Angelyn estaba asustada, no le agradó saber de esa carta, imaginó que no era algo bueno.

—Pero el marqués no la dejará desamparada señorita, es un caballero muy bondadoso y se preocupa por usted.

—¿Entonces le pasó algo a Etienne? Por favor, dime lo que sepas, tengo la sensación de que todos saben lo que pasó con mi prometido y no quieren decirme.

La criada se puso colorada.

—Eso no es verdad... nadie sabe qué le pasó a su prometido, señorita Angelyn. Se lo aseguro.

—¿Y por qué no ha venido todavía? Llevo casi dos semanas esperándole. ¿Acaso nadie le avisó que estoy aquí o es que no quiere casarse conmigo?

—Oh non mademoiselle, ¿cómo puede pensar eso? Es usted tan bonita y dulce. Es lo que dice Monsieur de Ferbes: "mi hermano es muy afortunado", y luego su esposa pone cara de mala... no le agrada que hable así. Creo que siente celos—Melissa comprendió que había dicho más de la cuenta y se asustó—Por favor no diga nada señorita, no diga nada de esto o me castigarán por hablar más de lo que debo. Sólo quería decirle que no es por eso, no sé qué le ocurre a Monsieur Etienne. Pero el marqués está preocupado por su hermano y planea ir a buscarle, Montnoire lo hará. Es un caballero muy discreto y.... no tema señorita, que estoy segura de que pronto habrá noticias de su prometido.

Angelyn se sintió mucho mejor después de esas palabras, no imaginó que a lo mejor se las decía para tranquilizarla. Había temido no ser del agrado de su prometido y que luego este quisiera romper el compromiso.

Pero cuando llegó al salón principal sintió la mirada del marqués y tembló al recordar las palabras de Melissa: "el señor de Ferbes dice que su hermano es muy afortunado" ...

Tuvo ganas de escapar al sentir su mirada intensa a pesar de que se sintió agradecida de estar lejos de él, casi en la otra punta de la mesa. Había escogido un vestido color malva muy discreto para la ocasión y de pronto sintió la mirada fría de madame Delphine, la esposa del marqués. La joven se preguntó si eran celos o era porque no tenía la alcurnia suficiente para entrar en esa familia o ambas cosas. Desde su llegada no había hecho más que mantenerla apartada de todas las fiestas, ignorándola casi por completo y en realidad no había intercambiado más que unas palabras desde entonces y de repente se dignaba a mirarla, a percatarse de su existencia.

—Qué grato verla nuevamente, mademoiselle—dijo una voz que le resultó vagamente familiar.

Angelyn se volvió y vio al conde de Tourenne nuevamente. Muy feliz de verla al parecer. Murmuró un saludo y sintió sus ojos grises clavados en ella, en cada uno de sus movimientos. Era un hombre agradable, de cabello oscuro con algunas hebras grises y tenía un donaire extranjero a pesar de que debía ser francés hasta la médula.

—Qué día tan tedioso mademoiselle y largo... la conversación languidece de forma irremediable—se lamentó el caballero.

Ella le sonrió y tuvo que conversar con él, en realidad era uno de los pocos invitados que siempre conversaba con ella y se mostraba amable.

—Es verdad... aquí el clima es distinto.

—Sí, es muy húmedo y lluvioso por la cercanía del mar. Pero esto ya parece una brujería señorita, demasiados días grises. He hablado hasta por los codos, he disertado de todos los temas interesantes, pero...

La joven pensó que exageraba, aunque sí consideró que no era un día para fiestas ni salidas en el parque. Y si el tiempo no mejoraba sí que sería tedioso para los invitados.

—Bueno, confiemos en que el tiempo mejore.

El conde tomó una copa de champagne que le ofreció un sirviente y bebió un sorbo a su salud.

—Y si no mejora al menos tendré consuelo conversando con damas hermosas— le respondió él galante.

Angelyn sonrió ruborizada, y entonces apareció su anfitrión, sin su esposa para conversar. Al parecer Tourenne era pariente de la marquesa y por eso conversaron un momento sobre ciertas reformas que el marqués esperaba realizar en el chateau de Saint Auxerre.

—Me parece estupendo, Monsieur—dijo el conde de Tourenne.

—Por supuesto que deberé esperar a que llegue la primavera. Mi esposa está algo impaciente porque construya la glorieta en los jardines, pero temo que deberemos esperar.

La mirada del marqués se desvió hacia ella en varias ocasiones, pero entonces apareció su esposa y se lo llevó del brazo. La joven no pudo evitar sonrojarse al sentir las miradas de los presentes a la distancia. Muchos conversaban y algunas damas permanecían sentadas abanicándose sin cesar, no porque tuvieran calor sino porque era una moda hacerlo, todas competían por lucir los abanicos más exóticos y elegantes. Por desgracia ella no tenía ninguno, sólo un par de guantes grises que le había obsequiado su madrina la última navidad junto a una carterita de cuero en forma de sobre color azul que llevaba a todas las fiestas.

Vio al marqués alejarse a la distancia dejándola agitada y nerviosa y además luchando por no delatarse, la jovencita pensó que le habría gustado tener un abanico en esos momentos.

—Un matrimonio de estilo—opinó el conde de Tourenne.

Angelyn asintió.

El conde la miró con fijeza.

—¿Disculpe mi franqueza, pero... por qué no siempre nos concede el placer de su compañía mademoiselle? Sólo en ocasiones comparte con nosotros un almuerzo o cena—dijo. Parecía sorprendido.

Ella no supo qué decir, así que le dijo la verdad.

—Es que no siempre me invitan a participar.

Ahora era el conde quién estaba sorprendido al saber las razones de sus constantes ausencias.

—¿No la invitan? Pero qué desconsiderados. Debería estar usted siempre incluida en la lista de invitados. ¿Acaso no es la futura esposa del hermano del marqués? —dijo el caballero y enarcó una ceja expresando su sorpresa.

—Sí... espero que llegue al castillo de un momento a otro.

—¿Y si no llega, mademoiselle? ¿Si a su pobre novio le ocurre una desgracia? Estos caminos son tan inseguros... hay ladrones y gente de mal vivir en todas partes y nadie los controla, son demasiados. Viejos campesinos que escaparon de la ciudad y al no encontrar una ocupación decente regresaron a cometer actos de pillaje—se quejó el caballero.

Angelyn se estremeció al recordar que a ella también la habían querido robar un grupo de bandidos.

—Bueno, espero que nada malo le pase, Monsieur.

—Lo raro es que el marqués no dice lo mismo señorita, le he preguntado esta mañana y no dijo nada... sospecho que no sabe dónde está y teme decirle la verdad. "Es como si la tierra se lo hubiera tragado, no responde a mis cartas" se quejó.

La joven tembló al oír esas palabras y se movió inquieta en su silla.

—¿Eso os dijo? —preguntó en un susurro.

La mirada del caballero de Turenne estaba llena de malicia.

—Me temo que sí—respondió mientras bebía un sorbo de su copa de champagne sin dejar de mirarla.

—¿Acaso no lo sabía, nadie le dijo nada?

—No Monsieur, pensé que estaba de camino y.... esperaba su regreso de un momento a otro.

Eso lo cambiaba todo por supuesto, si su prometido había desaparecido o se negaba a responder sus cartas... no era buena señal por supuesto. Eso no debía estar pasando.

—El marqués no sabe dónde está, pero lo está buscando creo, eso dijo su esposa luego.

Ahora comprendía muchas cosas, su silencio, el que no hablara de su hermano como si no quisiera preocuparla.

—¿Entonces no está en París?

Antes de responderle, el caballero la escoltó hasta el salón principal pues acababan de avisar que pronto servirían la cena.

—Sí, algo de eso he oído. Estaba en París con unos amigos, viaja muy seguido a la ciudad, no le agrada ser el hermano de un notable del país, cree que todo esto es vetusto y absurdo: los títulos, las tierras, las bodas concertadas... siempre fue el rebelde de la familia, la oveja negra. Buscaba un cargo público, pero no se lo darán porque es de noble linaje y todavía hay cierto resentimiento contra los nobles y desconfianza. Necesitará hacer un matrimonio ventajoso con la hija de algún político importante mademoiselle.

Angelyn no entendía mucho de los cargos públicos ni políticos, pero pensó que su futuro esposo no debía estar muy contento con esa boda concertada. La habían comprometido con el rebelde de la familia que prefería un cargo público a vivir en ese vetusto castillo junto a su esposa...

—Tal vez por eso no quiere regresar—balbuceó nerviosa—no quiere una boda concertada.

—Oh no lo creo, si piensa así es un tonto, además cuando la conozca cambiará de parecer, se lo aseguro. Etienne debe madurar, no puede ser toda su vida el hermano rebelde del marqués. Demasiado trabajo tiene el marido de mi prima Delphine... luego de morir su padre ha tenido que asumir demasiadas responsabilidades, hacerse cargo de estas propiedades, casar a sus dos hermanas menores, a sus primas, y encaminar a su único hermano. Se casó muy joven y es una tristeza que a pesar de los años no hayan tenido hijos, pero tienen tiempo por supuesto... Ahora espero que su hermano menor no le dé más dolores de cabeza.

Sentada junto al conde de Tourenne Angelyn miró al marqués sin poder evitarlo.

—Pero es muy joven, todavía puede tener hijos.

—Bueno, sospecho que no mademoiselle, temo que mi prima sea estéril, llevan años casados y no hay nada qué hacerle. Suele pasar... La pobre hace ayunos y penitencia esperando un milagro, pero... bueno, a veces ocurren milagros, mujeres que no pueden concebir un buen día lo hacen...

—Es verdad—replicó la joven algo incómoda.

Luego de la cena y mientras charlaban en el salón principal mientras organizaban una partida de naipes, Angelyn comprendió lo que pasaba, sus sospechas de que su prometido no quería regresar al castillo para no casarse con ella comenzaron a ganar fuerza y fue entonces que supo también que todo era mucho más delicado de lo que había temido. El marqués debía esforzarse por ocultar la vergüenza, por tratar de enmendar la prolongada ausencia de su hermano y nunca, ni una vez había mencionado que la tardanza de su prometido tuviera más que una causa razonable.

Pero sus miradas no eran de compasión o pena, sus miradas eran distintas. La miraba como un hombre mira a una dama que le agrada y a la que desea cortejar, y eso la turbaba, ahora mucho más que antes al comprender que ya no podía quedarse en Saint Auxerre. Ni un día más...Pero ese pensamiento la llenó de tristeza, pues había esperado que ese castillo fuera su nuevo hogar.

Debía hacerse a la idea de que ese castillo ya no sería su hogar. Su prometido permanecía ausente, demasiado tiempo ausente y ahora al fin entendía la razón. Simplemente no quería casarse con ella, no deseaba hacerlo, era un hombre libre y de pensamientos liberales, que esperaba abrirse camino en la política y no deseaba estar atado a una esposa ni verse forzado a una unión concertada por su familia.

La mirada del marqués la seguía a donde fuera y ella deseó escapar de la salita y no participar de esos juegos, no quería estar allí, sólo quería regresar a su habitación y llorar, llorar hasta quedarse dormida. Porque temía que ya no hubiera boda y tuviera que regresar a casa de su tía. Porque de repente la vida lejos de ese castillo con su magnificencia y misterio se le antojaba insoportable. ¿De qué le valía ganar tres partidas de cartas? Siempre había sabido que no era afortunada, no, no lo era...

—¡Felicitaciones, mademoiselle Angelyn! —dijo el marqués dedicándole una sonrisa.

Ella asintió tiesa en su silla. Afuera llovía torrencialmente, pero esa partida de cartas había hecho más llevadera la velada y él le dijo eso mismo con otras palabras.

Lo que no imaginó que por haber ganado el mayor número de partidas el marqués dijo que recibiría el premio especial.

—Puede escogerlo usted, señorita—dijo entonces su anfitrión. —Un libro de la biblioteca para leer y esta medalla de plata con la imagen de la virgen de Saint Auxerre.

Ella tembló al ver la medalla de la virgen, había oído la historia y le parecía increíble que en Saint Auxerre hubiera aparecido la virgen para salvar al marqués y a su familia de la noche negra en que sus campesinos quisieron saquear el castillo hacía ya más de cien años, antes de la revolución y por eso todos sus habitantes llevaran esa medalla. Su nana le había contado la historia durante la travesía y la recordó emocionada. La virgen de Saint Auxerre...La tomó con manos temblorosas y el roce de sus dedos la puso aún más nerviosa.

—Permítame por favor—dijo y le colocó la cadena gruesa de plata en el cuello.

Para ella fue emocionante tener esa medalla pues de repente se sintió parte de ese castillo, además creyó que esa medalla la protegería de todo mal y cuando estuviera esa noche en su habitación le rezaría para que su prometido regresara y se casara con ella.

—Puede escoger un libro ahora si lo desea mademoiselle o si lo prefiere puede elegir otro premio.

—Oh no Monsieur de Ferbes, un libro sería un presente maravilloso, pero... no conozco su biblioteca.

Su doncella había dicho que el marqués tenía una de las mejores bibliotecas de la región y aceptó la invitación ante la mirada expectante de los invitados. Él tomó su mano gentil y la guio hasta la biblioteca dejando a todos, incluyendo a su esposa, viéndolos alejarse sin ser invitados a participar. Solos los dos... Angelyn tembló al sentir su mirada y apartó la suya ruborizada.

—Por aquí, por favor mademoiselle—dijo en un momento.

Ella lo siguió y el mundo entero pareció desaparecer a su alrededor, hasta los libros apilados en varios anaqueles, en un mueble que ocupaba gran parte del mobiliario del salón.

—Oh Dios mío—balbuceó la joven—no podré escoger entre uno solo, deberá usted guiarme, Monsieur de Ferbes.

Él marqués sonrió levemente.

—Por supuesto mademoiselle, por aquí... pienso que le agradaría una antología de fábulas y cuentos de nuestro país o tal vez alguna historia de amor del medioevo. ¿Qué le agradaría leer?

—Preferiría una antología de cuentos que usted encuentre interesante recomendarme—respondió ella pues no estaba de ánimo para leer historias de amor en esos momentos, tenían siempre un final triste y en esos momentos le apetecía leer algo más alegre.

—Por supuesto, podría recomendarle algunos libros de fábulas muy interesantes.

Ella lo miró algo ruborizada.

—Pero el premio es un libro.

—No importa, puede escoger lo que desee mademoiselle, además pronto será parte de nuestra familia, no lo olvide.

Esas palabras la llenaron de ilusión y olvidando por completo los libros le preguntó por su hermano.

—¿Entonces Etienne vendrá?

Él la miró con fijeza.

—¿Acaso le sorprende, mademoiselle? Lleva usted esperando más de dos semanas mademoiselle. Por supuesto que mi hermano honrará su compromiso. Sólo si muere podría escapar y por supuesto que eso no ocurrirá.

—Disculpe mi insistencia marqués, ¿pero acaso ha sabido algo de su hermano? ¿Ha tenido noticias de su paradero? —preguntó ella sin ocultar su ansiedad.

La mirada cambió de su anfitrión cambió.

—En realidad sí he tenido noticias de mi hermano, pero no creo que sea el momento adecuado para conversar sobre ello. Nos esperan los invitados. Sólo puedo decirle que él honrará su compromiso y pronto estará entre nosotros y se casará con usted mademoiselle.

—Oh, se lo agradezco mucho, marqués...

—No debe agradecérmelo por favor, mi familia siempre ha honrado sus compromisos y mi hermano sabrá lo afortunado que ha sido cuando la conozca a usted mademoiselle. Algunas uniones concertadas son inevitables, pero espero que la suya sea muy afortunada. Es usted una joven encantadora y dulce mademoiselle.

Angelyn se ruborizó al sentir su mirada y murmuró una frase de agradecimiento y todo el alivio que había experimentado minutos antes se convirtió en turbación. Era una tonta, él sólo era galante y trataba de hacerla sentir bienvenida a su castillo. Sólo eso y nada más...

—No tiene que agradecerme. Es usted un ángel, señorita, su propio nombre lo dice. Y nada debe preocuparle, cuidaré de usted y todo ser hará como estaba planeado... ahora le ruego que escoja un libro.

La jovencita sonrió con timidez y se acercó al anaquel.

—Quisiera pedirle ayuda, que me recomiende un libro... el que usted desee—dijo entonces.

Él se acercó y comenzó a buscar un libro. Le llevó un momento hacerlo, pero de pronto lo vio sacar un ejemplar de tapas negras y letras doradas.

Era una selección de cuentos y leyendas de tiempos remotos, historias que seguramente disfrutaría.

Tomó el libro en sus manos y le dio las gracias y de repente se sintió tan feliz de estar allí y tener ese obsequio, la medalla de plata, y la promesa de que su prometido estaría pronto en el castillo y podrían casarse.

—Gracias, es usted muy amable... pero me da pena quedarme con este libro.

—No debe sentir pena alguna, hay muchos libros aquí, mademoiselle. Y este lo leí hace años y especial para mí, me agrada saber que estará en buenas manos—respondió.

Era tiempo de regresar, no había más excusas para quedarse sin embargo él le dijo que podía ir a la biblioteca siempre que quisiera.

—El invierno es muy crudo aquí mademoiselle, crudo y solitario, necesitaría algunos libros para llenar sus horas y distraerse. Temo que en ocasiones el tiempo hostil nos deja aislado durante semanas—dijo el marqués.

—Se lo agradezco, Monsieur de Ferbes.

—Y no dude en preguntarme, he leído muchos de los libros que están aquí, no todos por supuesto, pero sí puedo recomendarle algunas lecturas.

—Se lo agradezco, es muy amable.

—Oh no me lo agradezca, ahora es parte de la familia y espero que siempre nos considere su familia, mademoiselle.

Ella sonrió y él se quedó mirándola un momento antes de que ambos emprendieran el camino de regreso al salón.

El momento de intimidad pasó y al regresar al salón la esposa del marqués la miró con torvo gesto, como si estuviera loca de celos de que su marido la hubiera acompañado a la biblioteca. No podían ser más absurdos sus celos, pero en la noche descubrió que también miraba con aversión a cierta dama de vestido azul, esposa de un caballero que conversaba con el marqués durante la cena.

Lo más extraño fue que ella también sintió celos de la belleza de esa dama y de ver al marqués conversar con la joven y sonreírle.

De pronto se dijo que podía entender los celos de su esposa, no habría de ser fácil ser la esposa de un caballero tan solicitado por las damas. Todas parecían querer llamar su atención y Angelyn se preguntó si alguna de ellas tendría éxito.

Sin darse cuenta se tocó la medalla y rezó una oración en silencio para que la virgen apartara de su mente esos pensamientos impíos y absurdos. Sólo había sido amable con ella esa tarde, nada más...

LOS DÍAS PASARON Y los invitados se marcharon uno a uno del castillo y este volvió a ser ese lugar solitario y lleno de sombras y secretos.

Un día la llamó a su habitación días después y Angelyn se preguntó si la pobre señora estaría aburrida y querría conversar con una joven de su edad. Supo por su doncella que padecía un constipado fruto del frío y la humedad de ese lugar y la señora Marielle le había aplicado una cataplasma que la había quemado haciendo que la pobre dama se enfureciera y la despidiera.

—Pero al menos ya no tiene tos y parece estar recuperándose—le explicó su doncella.

—Esos complicados vendajes de agua hirviendo ya no se usan—replicó la jovencita mientras bordaba un nuevo pañuelo.

—Qué bonito su bordado mademoiselle, tiene usted manos mágicas—dijo Melissa.

La jovencita sonrió.

—Es que lo hago porque me gusta.

Su doncella la miró con inquietud.

—La marquesa dijo que una verdadera dama no pierde tiempo con el bordado, que eso ya no se estila.

—Mi madre decía lo mismo, pero a mí me agrada bordar, me distrae. Hay poca luz estos días y ni siquiera he podido leer más de unas páginas del libro que me obsequió el marqués.

Con su esposa enferma el caballero había dejado de recibir y las visitas del castillo eran siempre breves.

—Es que la pobre está de mal humor, todo le molesta y Betty es quien más la padece, siempre le dice algo.

La aludida apareció en ese momento para interrumpir la conversación.

—La marquesa quiere hablar con mademoiselle —explicó de sopetón y miró con ansiedad a la joven rubia que tenía el cabello apenas sujeto con cintas blancas como una niñita. Demasiado bonita, por eso su señora hervía de celos y vivía pidiéndole que la vigilara. No había manera de explicarle a su señora que la pobre jovencita se lo pasaba encerrada en su cuarto sin hacer más que charlar con su doncella, bordar esos pañuelos o escribir cartas.

—¿La marquesa te pidió que vinieras, Betty? —preguntó Melissa desconfiada.

La doncella Betty puso cara de enfurruñada, algo que le salía sin ningún esfuerzo.

—Claro que sí boba, ¿qué crees? —replicó— Quiere hablar con la señorita. Está aburrida la pobre, no termina de curarse de ese resfriado. Y se pone de un humor de perros por cualquier cosa, ya me ha dejado la mejilla roja por el cachetazo que me ha dado esa mañana—se quejó tocándose la mejilla en cuestión como si todavía le doliera.

—Iré enseguida—respondió mademoiselle Angelyn mientras guardaba con mucho cuidado su nuevo bordado.

Betty se distrajo al mirar a la señorita Poitiers hasta que su mirada se cruzó con la mirada de Melissa. Esa fea entrometida, siempre quería saberlo todo y metía sus narices aquí y allá.

—Yo las acompaño—dijo esta.

Betty tuvo que aceptarlo.

Pero cuando llegaron a los aposentos de la marquesa ambas tuvieron que retirarse pues a la dama no le agradaba tener a dos criadas juntas en su habitación y sentía especial antipatía por Melissa, nadie sabía bien por qué.

Y luego de deshacerse de ambas miró a su huésped y trató de sonreír.

—Por favor, siéntate, querida prima. No hemos podido hablar desde tu llegada... el castillo siempre recibe muchos invitados—dijo la dama.

En realidad, la había ignorado desde el comienzo, ni siquiera la invitaba a sus reuniones de té o luego del almuerzo en el rincón de las damas cuando todas se reunían para charlar de sus cosas. Pero no la culpaba, su situación en el castillo era extraña, seguía esperando noticias de su prometido y nada... seguía sin aparecer.

—Gracias por invitarme madame, es muy gentil.

La marquesa la miró.

—¿Qué edad tienes, Angelyn? —quiso saber.

—Diecinueve.

—Eres muy joven, muy tierna para Etienne. Casi siento pena por ti de pensar que debes casarte con él.

La joven enrojeció, no esperaba que dijera palabras tan desafortunadas como esas, ni entendía cómo una dama tan controlada y fría como la marquesa de repente se mostraba compasiva.

—Por favor, no me mires así, disculpad mi franqueza. Pero es la verdad. Etienne es un joven egoísta y con ideas tan atrevidas y revolucionarias. Un traidor a su clase... aquí puedo decirlo, mi esposo no está presente por supuesto, e lo contrario tendría que callar como siempre lo hago.

—Pero él vendrá, ¿no es así?

Esa pregunta le tomó por sorpresa.

—Mi esposo rara vez me visita ahora—replicó la dama y tomó un trago de licor y terminó vaciándose la copa.

Ante semejante declaración Angelyn sólo pudo decir que lo sentía, porque pensaba que habría sido peor quedarse callada. En realidad, le había preguntado por el regreso de su prometido, no de su marido a sus aposentos. Jamás habría hecho una pregunta tan impertinente como esa.

—¿Lo sientes? Vaya... —dijo la marquesa y rio a carcajadas—Pero ¿tú qué sabes de esas cosas? Eres casi una niña. Ni siquiera sabes lo que ocurre en la noche de bodas.

Angelyn se puso colorada. Vaya, no era tan niña, sí sabía algo de lo que le esperaba, su tía se lo había confiado meses antes de emprender el viaje a Saint Auxerre, no quería que se casara ignorando esos asuntos y que luego su marido la repudiara.

—No, imagino que no lo sabes y te llevarás una sorpresa y un buen susto. Como yo, sabes... No todas nacemos para esto, para casarnos y.... es nuestro deber por supuesto y ninguna quiere ser solterona ni ir a parar a un convento, pero... Quisiera poder darle un hijo a mi esposo, él lo quiere tanto. Creo que eso lo haría feliz y entonces todo sería diferente, pero... —volvió a beber otro trago.

Jamás creyó que la marquesa bebiera, y no le parecía que se comportara como una dama.

—Pero él es un seductor, querida prima, siempre seduce y se enamora de alguna mujer. Cuando vine aquí tenía una amante escondida y ... la mantuvo aquí por mucho tiempo. Eso hizo. Y cuando le reclamé dijo que era el señor del castillo y mi marido y nadie podía cuestionar sus decisiones, ni siquiera yo. Y que mi único deber era complacerle y darle un hijo. ¡Fue tan cruel! Yo no estaba preparada para ser su esposa, era casi una niña, tenía diecisiete años.

La jovencita se sintió enferma. ¿Por qué le contaba esas cosas? La intimidad de los esposos era de los esposos y una verdadera dama jamás hablaba de esas cuestiones con extraños. A menos que fuera a una hermana o a una amiga muy íntima... o estuviera ebria.

—Lo siento mucho, madame... —dijo y abandonó el sillón con suavidad. Alejarse era lo mejor, no quería seguir escuchando cosas que no eran de su incumbencia.

La marquesa la miró y sonrió de forma extraña.

—¿Y qué crees que te pasará a ti cuando te cases con Etienne? ¿Qué crees que es el matrimonio, pequeña boba? No eres más que una niña tonta y pueblerina con vestidos pasados de moda. Casi siento pena por ti. Al menos ya no debo someterme a esa vergüenza, pero tú...

Angelyn pensó que ya había oído demasiado y no le gustaba nada el giro desagradable de esa conversación. Esa mujer estaba loca o tal vez ebria, por eso decía cosas tan horribles. Vaya, y ella que pensó que estaba tratando de ganarse su amistad...

Casi huyó de la habitación pese a que quiso retenerla y a lo último mencionó la posibilidad de obsequiarle sus vestidos. Al diablo con sus vestidos, no quería nada de esa dama. Qué tonta había sido, pensar que la marquesa quería su amistad cuando desde el comienzo dejó muy claro que no estaba nada interesada en ella.

Salió despavorida de su habitación y sólo cuando pudo entrar en su cuarto se sintió a salvo. Respiró hondo y trató de serenarse. Sin embargo, quedó muy afectada por esa conversación y cuando su doncella llegó minutos después le preguntó qué le pasaba.

—Se ve muy alterada mademoiselle, ¿acaso madame la insultó? —quiso saber, como si ser insultada fuera algo esperado viniendo de esa dama.

—No, no me insultó, pero dijo cosas que... me avergüenzan y horrorizan. No pensé que fuera capaz de... por favor, no se lo digas a nadie Melissa.

—Oh, claro que no diré una palabra, mademoiselle. ¿Pero qué le dijo exactamente?

Angelyn pensó que no podía repetir lo que la marquesa le había contado en un rapto de ebriedad.

—No puedo decirlo Melissa, creo que no estaba muy bien... había bebido.

—Bueno, no me sorprende. Siempre bebe cuando pelea con su esposo y eso ocurre muy a menudo aquí. Sus celos son algo terrible.

—¿Sus celos?

—Sí, sus celos. Madame Delphine es muy celosa y su esposo es muy admirado por las damas, ya lo habrá notado y siempre ocurren roces. Peleas.

La jovencita guardó silencio un momento y luego habló de Etienne.

—Me dijo que él no será un buen esposo para mí, Melissa. Dijo cosas que me avergonzaría repetir.

—Sí, lo imagino. Ella es una dama de temperamento difícil, más cuando bebe y no sé por qué lo hace. Es la señora de este castillo, y tiene un marido que la adora... sólo le falta darle un heredero, pero...

—Dijo que él ya no la visitaba en su habitación.

—¿De veras? Oh vaya, debió estar muy ebria para hacerle una confesión tan íntima, Mademoiselle, lamento esto de veras, no sé por qué ocurrió, pero no debe preocuparle. Etienne es un caballero bueno y jamás supe que tratara mal a nadie ni... No debe preocuparse. No sé por qué le habló mal de su cuñado, pues siempre han tenido una amistad cordial. Aunque no se han visto con frecuencia este último tiempo. Sospecho que bebió más de la cuenta y su esposo se enfurecerá, detesta ver a una dama ebria y más si es su esposa.

—Melissa, ¿acaso él no la ama? Es su esposa.

—Oh mademoiselle, el amor es para los soñadores. Los matrimonios entre los nobles siempre son por cuestiones de conveniencia, de estrategias de linaje como decía mi padre. Lo que no significa que luego puedan enamorarse, pero... Madame Delphine es una dama de genio vivo, muy mimada... eso es lo que he oído. Betty siempre se queja de ella, de sus malos tratos y cachetazos pobrecita... la compadezco. No es una dama fácil de complacer y, además, no sé si realmente es estéril o es que no soporta la intimidad, ¿comprende? Porque sin intimidad es muy difícil poder concebir. Disculpe mi franqueza.

Angelyn lo sabía por supuesto, de la intimidad nacían los bebés, no era tonta. Y si la marquesa pretendía asustarla pues perdía el tiempo, ella sólo quería tener un marido y un hogar, niños, soñaba con tener hijos, muchos niños y lo único que la angustiaba era quedarse soltera. No comprendía cómo esa dama se quejaba de tener que cumplir con sus deberes de esposa. ¿Para qué se había casado entonces si tanto le desagradaba?

Además, su marido era tan guapo...

La jovencita se ruborizó al tener de nuevo esas tentaciones y tocó la medalla de la virgen para pedirle ayuda. No estaba bien que tuviera esos pensamientos impíos con el marqués y lo sabía. Necesitaba pedir ayuda a la virgen, alejar esos deseos impíos. El diablo parecía morar en ese castillo, el diablo acechaba sus pensamientos y deseos más profundos.

Y mientras trataba de calmar su mente con la lectura del libro que le había obsequiado el marqués sintió la presencia silenciosa del fantasma. Esos pasos sigilosos entrando en la habitación de nuevo. No podía ser, Melissa se había marchado y todavía faltaba como una hora para el almuerzo. Además... ¿Acaso no había cerrado la puerta secreta con cerrojos?

Se incorporó inquieta y miró a su alrededor aguzando sus oídos para tratar de descubrir de dónde provenían los pasos. Trató de no hacer ruido mientras se acercaba a la habitación contigua para investigar. Debía descubrir quién estaba espiándola y por qué...

Se incorporó sin dejar de sujetar la medalla de la virgen, pidiéndole protección contra todo mal encerrado en ese castillo y contuvo el aliento casi hasta llegar a la habitación contigua. Pero al llegar no vio a nadie, ni en la sala de escribir cartas ni en su sala de aseo. Todo estaba vacío.

Habría creído que lo había imaginado de no haber sido más de una vez que le ocurría algo semejante. ¿Acaso era un fantasma? ¿Qué quería de ella? ¿Acaso le molestaba que estuviera en el castillo por ser una intrusa? Sintió un sudor frío al considerar que tal vez el castillo estuviera embrujado y que ese espíritu maligno pudiera molestarla otra vez. ¿Pero sería un espectro o alguien intentando asustarla? De pronto comenzó a preguntarse si alguien estaba tan molesto con su presencia en esa casa. ¿Acaso madame Delphine porque sentía celos enfermizos de su esposo y todas las mujeres a su alrededor? Ese día había descubierto una faceta muy desagradable de su persona y de pronto se preguntó si sería capaz de asustarla para que abandonara el castillo y no se casara con Etienne. ¿Sería ella ese fantasma maligno y silencioso que la vigilaba para sembrar temor en su corazón?

De pronto notó que la puerta secreta estaba cerrada tal cual la había dejado, entonces... ¿cómo pudo entrar si ambas puertas estaban cerradas?

Cuando regresaba a la habitación principal notó que la puerta estaba abierta de par en par y habría jurado que no estaba así hacía un momento.

Nerviosa se acercó y la cerró con candados. Estaba harta de esos juegos, tenía los nervios alterados. Si alguien no la quería en ese castillo y estaba empeñado en asustarla... ¿Tendría sentido quedarse y soportar ese tormento? ¿Qué harían cuando se cansarán de asustarla con presencias fantasmales?

Regresó a la cama y trató de leer para distraerse, lo necesitaba.

Debió quedarse dormida pues de pronto escuchó unos golpes en la puerta.

—Mademoiselle Angelyn, por favor, ¿está usted allí? Abra la puerta por favor.

Aturdida no sabía qué pasaba hasta que supo que era su doncella tratando de abrir la puerta que ella había cerrado antes de irse a dormir.

Cuando abrió la puerta Melissa estaba muy alterada.

—Señorita, disculpe, ¿la he despertado?

La joven asintió mientras se incorporaba lentamente.

—Es que madame me pidió que le dé estos vestidos porque ya no los usa y piensa que a usted le servirían.

La joven observó las prendas sin demasiado entusiasmo, eran tres vestidos muy bonitos en apariencia, pero ¿por qué se los obsequiaba? ¿Acaso intentaba congraciarse nuevamente con ella o era un simple gesto de caridad?

Melissa se los enseñó.

Uno era de terciopelo marrón con encaje en los puños, un modelo elegante y nuevo, el segundo, era azul de fiesta y el tercero de una muselina gris, era realmente hermoso.

—Pero están nuevos—balbuceó—y son muy costosos... no creo que sea prudente aceptarlos. Además, no son mi talla—agregó.

—Bueno, eso se puede arreglar con la modista del castillo, sólo hay que hacer algunos retoques. Son muy bonitos, mademoiselle. Y es un obsequio que no debe despreciar.

—Es que no lo sé si sea correcto.

—Oh ni lo piense mademoiselle, por favor, se verá muy bonita con estos vestidos.

Angelyn tocó la fina tela de terciopelo y seda y pensó que nunca había tenido vestidos tan bonitos.

—Pero están casi nuevos, no han tenido uso—se quejó.

—Sí, es verdad. Pero madame tiene montones de vestidos y dijo que iba a dárselos, pero usted huyó y no le dio tiempo. ¿Lo ve? Quiere ayudarla. Dijo que pronto va a casarse y que su prometido vendrá en unos días y debe encontrarla bonita. Dijo que sus vestidos estaban algo pasados de moda.

¿Pasados de moda? Sí, por supuesto. Eran muy antiguos. Y viejos. Remendados. ¿Lo habría notado la marquesa y por eso quería ayudarla para que no se sintiera tan incómoda cuando asistía a las cenas en el castillo?

Vaya, habría preferido que su prometido le obsequiara esos vestidos no esa dama que había dicho esas cosas tan horribles ese día, que bebía y parecía tenerle encono nadie sabía por qué.

Pero pensó que se ofendería si declinaba su ofrecimiento. A fin de cuentas, sólo quería ayudar se dijo mientras le pedía a Melissa que guardara esos vestidos.

Y mientras lo hacía le preguntó por las historias de fantasmas que había mencionado un caballero hacía días, Monsieur Turenne.

La doncella la miró con extrañeza.

—Pero no hay fantasmas aquí, señorita Angelyn, son historias que inventan los criados.

—¿Estás segura, Melissa?

—Pues sí... —la criada parecía muy segura de lo que decía.

—Pero he sentido una presencia extraña en mi habitación, hace un momento oí pasos y en otra ocasión noté que la puerta secreta estaba abierta y creo que alguien entra por allí.

La doncella se puso pálida.

—No lo sabía mademoiselle, debió decirme... no creo que sea un fantasma ni... ¿Qué fue lo que escuchó exactamente?

—Sólo escuché pasos, y también sentí que alguien me observaba y luego... no había nadie. Busqué en todas partes, pero ... es como si hubiera un fantasma o alguien me espiara.

—Mademoiselle, temo que la han asustado con historias de fantasmas, aquí no hay nada de eso. Ruidos de pasos... tal vez sean los sirvientes que entran y salen de las habitaciones de este piso, tienen mucho trabajo y pueden olvidar cerrar alguna puerta.

—Tal vez alguien desea asustarme para que me vaya, Melissa.

Angelyn se sintió histérica de tener que contarle todo a su criada, pero estaba tan sola en ese castillo. No tenía con quién hablar y luego de desahogarse se sintió un poco mejor.

—Mademoiselle, cálmese por favor. Nadie le hará daño, el marqués no lo permitiría, él cuida mucho de los suyos y desea mucho esta boda. Su hermano necesita sentar cabeza y asumir responsabilidades, alejarse de Paris y de esas malas compañías. Él jamás permitiría que un criado la asustara ni entrara en sus aposentos. Eso no sería apropiado, señorita.

—¿Y madame Delphine? ¿Crees que su esposa me odia y desea que me vaya y tal vez envíe a un criado para que haga ruidos en la habitación?

—Oh claro que no. Madame de Ferbes tiene su genio, pero ella jamás haría algo que disgustara a su marido. Lo ama ardientemente ¿sabe? Sí... muere por él, pero él no la ama, y eso se nota. Pero dudo mucho que la vea a usted con celos cuando pronto será parte de esta familia.

—Oh Melissa, es lo que he estado pensando y me siento una tonta al decirte todo esto, pero... es que mi prometido nunca llega al castillo y yo me siento sola aquí y desamparada. Esa puerta secreta, temo que cualquiera pueda abrirla y hacerme daño.

—¿La puerta secreta? Pero... es que no entiendo. ¿Cuál puerta secreta, mademoiselle?

—La que tiene el lavatorio y la tina de porcelana. El cuarto de aseo.

—Ah sí, por supuesto. No es una puerta secreta. La utilizamos porque es más sencillo dejar allí el agua caliente para el aseo mademoiselle y no atravesar todo el cuarto con las cubas de agua. Pero estoy segura de que esa puerta quedó abierta por descuido, nada más.

—¿Y esa mujer, esa tía que no está muy bien de la cabeza? Un día la vi aquí y...

—¿La tía del marqués? ¿Madame Arlenne? Oh no, esa dama es inofensiva. A veces inventa cosas, pero vive recluida en sus habitaciones y esta mañana se ha despertado mal. El doctor vino a verla y le ha dicho que debe hacer reposo. Sufre del corazón la pobrecita y no vivirá mucho, todos lo saben. En realidad, no sé ni cómo vino aquí ese día porque la señora vive recluida en sus aposentos.

—¿Entonces quién viene aquí a espiarme, Melissa?

La doncella le confesó que no lo sabía.

—No le cuente esto a Betty ni a las demás. Pensarán que sufre fantasías y le dirán al marqués. Él es muy susceptible a esas cosas y no le harán bien mademoiselle.

—¿Entonces crees que pensará que estoy loca por oír esas cosas?

—Oh no mademoiselle, no está loca. Sólo asustada porque alguien ha estado contándole historias de fantasmas. Sospecho que fue Monsieur Turenne. Pero si eso vuelve a ocurrir, le ruego que toque la campanilla y me avise. Yo la ayudaré a descubrir que no hay ningún fantasma y que seguramente son los criados que pasean por estas habitaciones. Madame Delphine ha estado muy quejosa últimamente y la tía del marqués también, luego los invitados han dejado las habitaciones en mal estado y todos han estado trabajando mucho. Eso es todo.

Angelyn se sintió aliviada al oír eso.

—Te lo agradezco, Melissa… es que no quiero pensar tonterías ni dejarme llevar por la imaginación. No conozco tanto este lugar como para saber lo que pasa aquí.

—Mademoiselle por favor, no me dé las gracias. Es que no debe oír esas historias ni creer en ellas, no son más que supersticiones. Cuando entré al servicio hace cinco años una de las criadas más viejas me contó toda clase de historias horribles de este castillo. Me asustó tanto la muy malvada que tuve pesadillas durante semanas, hasta que supe que no eran más que patrañas que había dicho porque estaba celosa de que tomaran a una doncella y mucama nueva. A la gente le encanta inventar, pero la verdad es que todos los edificios tan antiguos como este tienen sus leyendas.

Angelyn aceptó la explicación como posible pero no del todo convencida por supuesto. No quiso insistir para que su doncella no pensara que estaba algo chiflada de vivir en Saint Auxerre. Observó cómo guardaba silenciosa los vestidos y suspiró. No sabía cómo tomar ese gesto que parecía de amistad, por supuesto que no podía despreciar el obsequio. Pero no sintió deseo alguno de usarlos. Tenía su orgullo y esos regalos le parecían de caridad, de haber sido de una parienta suya los habría aceptado de buen grado, pero tratándose de la esposa del marqués... no se sintió inclinada a hacerlo.

—No se preocupe por los fantasmas, mademoiselle, ningún daño le pueden hacerle aquí, los vivos sí—dijo de pronto Melissa con gesto enigmático.

—Pero ¿quién querría hacerme daño? —replicó la joven con expresión inocente.

La doncella la miró con fijeza.

—Bueno, era lo que siempre decía mi padre. No temas a los fantasmas sino a los vivos—respondió luego.

Tenía razón, pero eso no le dio demasiado consuelo, la marquesa era una dama celosa que parecía estar pendiente de ella, el marqués era amable pero no sabía qué pasaría con su vida si algo salía mal, si su prometido nunca regresaba...

SIGUIERON DÍAS FRÍOS y grises, demasiados oscuros para poder salir o disfrutar, aunque fuera un paseo a media mañana. Angelyn escribió dos cartas, una a su madre y otra a su tía, fingiendo que todo estaba perfectamente. Excepto por la ausencia de su prometido, pero no daba mayores detalles al respecto. Todavía echaba de menos su hogar y luego de terminar la correspondencia se dedicó a devorar las historias de esa antología pues todas eran muy bellas y entretenidas, algunas un poco macabras, pero eso no le molestó, pues en el pasado había leído historias similares en la biblioteca de su padre. Y cuando no leía hacía bordados, Melissa le había conseguido más hilo y pañuelos para bordar, eso la mantenía entretenida y el piano, aunque sólo tocaba algunas mañanas si la salita de música estaba abierta o en las tardes, mientras tomaban el té. Al marqués le agradaba escucharla tocar y en ocasiones conversaban en privado sobre las historias que estaba leyendo.

Todo parecía estar en absoluta paz, sin fantasmas ni ruidos extraños, como si el propio clima hostil los espantara y mantuviera a raya. Era muy raro por supuesto, Melissa pensó que no era del todo errado lo que decía.

—Lo que me inquieta es no saber nada de mi prometido—dijo la joven mientras se preparaba para irse a dormir.

Melissa había encendido el fuego para calentar la habitación y la miró con cierto pesar.

—Todos estamos preocupados por la demora de Monsieur Etienne—murmuró haciendo un gesto raro con la boca.

—¿De veras? ¿Y no has oído nada sobre él?

—Me temo que no... Pero el caballero Montnoire ha de saber, él fue a buscarle a Paris y.... traerá noticias imagino.

—Pero los caminos no son seguros, Melissa.

—Es verdad, no lo son... hay muchos bandidos. Una joven como usted no podría abandonar el castillo y atravesar el bosque de Boulegne sin sufrir la más horrible de las indignidades. Nadie se atreve a pasar por ese bosque, el marqués siempre envía a sus hombres a montar guardia, pero son como ratas, aparecen en caballos o carruajes de repente y si no se roban un monedero se llevaban a una mujer y luego... oh, me horroriza tan solo pensarlo. Pero le ocurrió a una criada que madame Clarise expulsó hace un año. La pobre fue escoltada por los sirvientes de aquí pero luego de llegar a ese bosque no fueron suficientes ni pudieron hacer nada. Se la llevaron y nunca más volvieron a saber de la pobre, sospechan que murió y luego escondieron su cuerpo. Eran como siete... Por eso nunca lo haga mademoiselle, no importa si la marquesa la hace sentirse mal, es preferible que se quede aquí, estará a salvo.

—¿Y por qué la marquesa echó a esa pobre joven?

Melissa la miró.

—Por celos... creía que intentaba coquetear con el marqués. Pero en realidad no soporta que haya una sola criada bonita aquí. No tuvo otro motivo. Además, la pobre Annie era más buena que le pan, nunca hacía nada y desapareció... fue muy triste.

Angelyn se estremeció al recordar ese episodio cuando su carruaje fue asaltado por una banda de malhechores, sabía de qué hablaba, uno de ellos había intentado someterla y tuvo suerte de que no lograra sus sucios propósitos o ya no podría casarse. Ahora estaba intacta, pero sin su prometido... ¿Y qué pasaría si él no regresaba y debía atravesar sola ese bosque repleto de rufianes? Observó el crepitar de los leños y tembló.

Trató de no pensar en eso, de distraerse leyendo fábulas mientras observaba el fuego a la distancia mientras pensaba que al menos la marquesa no había vuelto a requerir su presencia en sus aposentos.

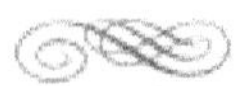

CUANDO ANGELYN DESPERTÓ al día siguiente supo que algo muy malo ocurría porque sentía los pasos, las voces como si los criados corrieran de un sitio a otro enloquecidos por alguna causa.

El fuego de la estufa hacía horas que se había extinguido y la habitación estaba fría así que se acurrucó en la cama y aguardó a que alguna criada le llevara el desayuno y le contara qué estaba pasando.

Melissa llegó poco después, se veía preocupada.

—Mademoiselle, disculpa que tardara, pero ... le traigo su desayuno. Ha ocurrido algo inesperado y todo el castillo está conmocionado. Pero primero debe vestirse, el señor marqués desea hablar con usted sin demora.

—¿Pero ¿qué sucede Melissa?

—Luego lo sabrá mademoiselle, ahora la ayudaré a vestirse.

Angelyn supo que algo muy grave estaba pasando y se aseó deprisa y apenas probó bocado. De pronto su doncella dijo que la marquesa estaba enferma y que habían llamado al doctor Villneuve porque sufría una infección pulmonar.

Ella la miró horrorizada.

—Pero eso es grave.

—Sí... tiene fiebre muy alta y no ha estado bien por eso se ha quedado en su habitación. Siempre fue muy delicada de los pulmones y este tiempo húmedo y frío... hay varios criados en cama con constipado y la señora Merine no da abasto la pobre. El marqués tuvo que despedir a sus invitados.

—Sí, lo entiendo, pero se repondrá ¿verdad?

Melissa no se mostró tan optimista y Angelyn pensó que ocurría algo más grave que su doncella no quería decirle. Pero no dijo nada y esperó a que su anfitrión hablara con ella en privado.

Al llegar al salón de música tembló pues el marqués no estaba solo, había dos hombres con él uno de ellos alto, bien vestido y de cabello rubio. Agradable. Tembló al pensar que fuera Etienne. No se parecía mucho al marqués, pero...

Al notar su presencia los tres la miraron y el marqués le rogó que se acercara mientras los otros dos caballeros abandonaban la sala luego de ser presentados. La joven se sintió defraudada al comprender que ninguno de ellos era su prometido.

—Por favor, tome asiento, mademoiselle de Poitiers. Por aquí—lo notó algo tenso, disgustado, imaginó que estaba preocupado por su esposa.

Angelyn se sentó y preguntó por su esposa, la marquesa.

Él pareció sorprenderse por la pregunta y entonces notó que tenía una carta y que parecía esforzarse por ocultarla.

—El doctor irá a verla ahora, espero que se recupere pronto. Es que sufre de los pulmones, siempre fue muy delicada—respondió—Mademoiselle, temo que no tengo buenas noticias para usted.

Esas palabras la hicieron estremecer porque su mirada parecía distinta como si quisiera disculparse por la mala noticia que tenía que darle.

—No comprende, Monsieur...

—Lo siento mucho—insistió él—Pero acaba de llegar Albert Montnoire y mi hermano se negó a acompañarle. Y me ha enviado un documento y una carta explicándome que no puede honrar su compromiso como esperábamos porque se ha casado con la hija de un mercader de París. Esto me avergüenza profundamente... pero aquí está el acta que lo confirma. Por favor, debe verlo.

Angelyn se quedó tiesa mientras leía el documento que le había enseñado el marqués, era una especie de acta como la que recibió la morir su padre en la cual comunicaba que Etienne Montpellier se había casado con una joven llamada Pauline Cézane. Hija de un caballero llamado Antoine Cézane y de doña Madeleine... ¿qué diablos importaba? Se había casado hacía más de seis meses, mucho antes de su llegada a Saint Auxerre, y luego de morir su padre. No podía dar crédito a lo que veían sus ojos. Era como una pesadilla. Miró a uno y a otro incapaz de decir palabra hasta que balbuceó:

—Monsieur esto no puede ser... ¿acaso no sabía del compromiso?

La joven se sintió enferma de rabia y terror, realmente tuvo que sentarse para no desmayarse al comprender que todo su mundo se venía abajo.

—Por eso no quería venir, no podía hacerlo. Ya tiene una esposa—balbuceó.

El marqués le rogó que se sentara.

—Esto me horroriza tanto como a usted, y le aseguro que este matrimonio no debió celebrarse, él sabía de su compromiso, pero... no puede deshacerse me temo. Podría ser una última oportunidad, pero no lo haré. La joven está encinta. Por eso se escondió... mademoiselle, debe saber la verdad. Hace tiempo que no veo a mi hermano, pues luego de morir nuestro padre él decidió probar fortuna en París y montar su propio negocio, una tienda de ropa. Quería tener su propia fortuna y no le ha ido mal, sólo que tuvimos un altercado por otro asunto, quería que se quedara aquí, es mi único hermano y le necesito, pero él no quería saber nada del castillo y sus obligaciones. Decía que no era su legado y le aburría el campo y además dijo que nunca viviría convertido en mi sombra. Esperaba que recapacitara, le escribí varias cartas a las que respondía sólo en ocasiones. No quería regresar y cuando supo que estaba aquí simplemente ignoró mi carta, no me respondió y debí enviar a un primo a buscarle. Alberto Montnoire. Y él me confirmó lo que más temía: que mi hermano no quiere regresar y que se ha casado con la hija de un mercader. Se ha establecido en París como un comerciante y no vendrá.

Angelyn lloró al oír eso. Era el fin. Todas sus esperanzas de casarse con Etienne y vivir en Saint Auxerre se esfumaban. Sus más negros presentimientos tomaban forma en esos momentos, era inevitable. Él ya no podía honrar su compromiso, estaba casado con una distinguida joven de París, imaginaba que era bonita y sus vestidos eran modernos y nuevos.

—Lo siento mucho, mademoiselle. Esto me apena y avergüenza y quisiera enmendar el daño que le ha causado mi hermano, porque usted es inocente de todo esto, no es su culpa. Él sabía de ese compromiso, pero siempre ha sido rebelde, jamás quiso una unión concertada.

Ella secó sus lágrimas y trató de serenarse, no quería que la vieran así, no podría soportarlo. Era tan humillante, pero más allá del dolor de saberse burlada y despreciada era pensar en su futuro. Sin esa boda ya no tendría un hogar, debería regresar a casa de su tía y buscarse una colocación para subsistir. Su único legado había sido esa boda y sin ella ya no tenía nada.

—Comprendo que se siente defraudada, pero por favor, déjeme enmendar este gran daño—dijo el marqués y tomó su mano entre las suyas y la besó con suavidad.

La joven lo miró aturdida, con los ojos empañados.

—Sólo le pediré que me ayude a regresar a casa de mi tía sana y salva, porque Melissa dijo que... ese bosque. Que en el bosque hay rufianes que me harían mucho daño.

Sus palabras lo sorprendieron.

—No se vaya por favor, déjeme intentar encontrarle un esposo mademoiselle, entre mis amistades y parientes, usted podrá escoger al que sea de su agrado. Tengo dos amigos que necesitan una esposa y también primos que se sentirían muy afortunados de que usted fuera su esposa.

Angelyn lo miró aturdida.

—No comprendo... es que no puedo quedarme aquí, demasiado he abusado de su hospitalidad. Creo que debo irme, regresar junto a mi madre.

—Por favor, no diga eso, mademoiselle. Era mi deber y me siento tan insultado como usted con esta boda. Mi hermano se ha casado sin tener en cuenta su compromiso, sin pensar en nuestra familia. Ha hecho su voluntad como siempre, y me siento en la obligación de enmendar algo del daño que le ha hecho. Déjeme buscarle un esposo, señorita. No dejaré que esto arruine su porvenir, porque es inocente de todo esto, no fue su culpa, no fue por usted ¿comprende? Sino porque mi hermano siempre fue rebelde y muy egoísta, no quería verse obligado a una boda, aunque supiera que la joven en cuestión era un ángel, hermosa y tierna como usted, no le importó, su egoísmo y necedad de querer hacerse un porvenir lo hizo desdeñar las enseñanzas de nuestro padre y también su legado—el marqués hizo una pausa, profundamente disgustado— Temí que hiciera esto. Pero necesitaba saber la verdad, cuando usted llegó hacía meses que había perdido contacto con mi hermano, jamás me participó de la boda ni tampoco me escribió una carta. No me sorprendió pues luego de su partida a París habíamos perdido contacto.

La jovencita secó sus lágrimas y un suspiro escapó de sus labios. No creía que el marqués debiera buscarle un marido, no deseaba que lo hiciera. A fin de cuentas, no era su culpa. Eso le dijo, cuando fue capaz de hablar con más calma.

Él le dijo que quería ayudar, que necesitaba hacerlo.

—No permitiré que mi hermano dañe su porvenir. ¿Qué hará si abandona Saint Auxerre, mademoiselle?

—No lo sé, pero no puedo quedarme aquí y que todos me vean como la novia abandonada, la joven que su hermano despreció como esposa. Es la verdad. Lo siento, pero debo regresar y que nadie sepa lo que me pasó, ir a un lugar donde nadie me conozca Monsieur.

Tal vez era orgullosa, o tal vez era el orgullo herido lo único que le quedaba.

—Pero no tiene por qué ser así mademoiselle, puedo arreglar una boda para usted, pero no la obligaré... debe ser usted quien lo escoja.

Qué sencillo era para él pedirle eso, que escogiera un marido cuando sabía que ninguno de sus primos, ni amistades, le llegaban ni a los tobillos, el hombre más guapo que había conocido en su vida quería ser su padrino, su Lanzarote, intermediario de amores clandestinos...

Había tenido la esperanza de que su prometido, al ser su hermano se le pareciera un poco y con el tiempo y por esa razón, y así poder amarle tiernamente pues no quería ser como esas damas remilgadas que ignoraban a sus maridos. Ella soñaba con una boda romántica, con conquistar el corazón de su esposo un día, ser su esposa y compañera y que sintiera orgullo de ello. Ahora nada eso ocurriría, la verdad la golpeaba en la cara y por momentos sólo pensaba en morirse, tal era su abatimiento al perder su última esperanza.

—Ya no habrá boda para mí Monsieur, ni soportaría la lástima de ese caballero que se acercará a mí obligado por su insistencia. ¿Cree que podría soportar la lástima y una boda forzada por esa razón? Todavía me queda algo de orgullo y si su hermano decidió ignorar que estaba prometido a mí entonces será mejor que regrese a casa y trate de olvidar todo esto.

—Pero mademoiselle, trate de comprender. Es joven y tan hermosa, puede tener el esposo que desee, no crea que todo se ha terminado para usted.

Ella se incorporó dolorida y mareada por ese disgusto, sintiéndose rechazaba y boba por haber abrigado esos locos sueños románticos. Como si casarse con un desconocido pudiera sanar sus heridas y hacer que su suerte cambiara. Y a pesar de la insistencia del marqués Angelyn le dijo que sólo quería que la ayudar a regresar a su casa, aunque ahora lo único que quería era encerrarse en su habitación y estar sola, no se sentía capaz de conversar con nadie, ni siquiera con Melissa. Tuvo la sensación de que todo se desmoronaba a su alrededor y cuando finalmente logró su objetivo y la puerta de su cuarto de su habitación se hubiera cerrado, lloró. Sólo eso. Lloró sintiendo que le dolía todo, hasta el alma y entre temblores y chuchos de frío tuvo que meterse en la cama deseando borrar ese día de su memoria para siempre.

EL SONIDO DE LAS CAMPANADAS la despertó.

Llevaba días encerrada en su habitación sin ver a nadie, sabía que la marquesa estaba enferma y que el marqués ni siquiera cenaba en reunión, lo hacía en su habitación junto a su esposa. También se enteró de que había otras personas enfermas en el castillo, que esa gripe había sido muy brava y lo mejor era no salir, pero esas campanas la despertaron con un mal presentimiento.

Pero esas campanadas sonaban de una forma que le dio mala espina, y saltó de la cama para averiguar qué pasaba mientras llamaba con energía a su doncella.

Melissa tardó como una hora en aparecer y lo hizo con una bufanda, sin dejar de estornudar.

—Mademoiselle, lo siento... le traigo su desayuno. Es que ocurrió una desgracia. Madame Delphine... falleció esta madrugada y ahora...Hay más enfermos y el doctor dijo que debemos evitar el contagio porque... hay otros criados enfermos de gravedad, mademoiselle.

Hablaba de forma atropellada y Angelyn olvidó por completo sus problemas al comprender la gravedad de lo ocurrido.

—Y su doncella Betty está muy grave, y las mucamas que aseaban su habitación... todas han enfermado y Monsieur Montnoire también. El contagio es inevitable y la señora Adelaide cree que es un castigo divino.

—No lo es... no puede ser un castigo, debe ser una epidemia. Hace años hubo una similar en el pueblo donde vivía y muchos murieron. Empezó con fiebre, dolor de cabeza y mucha tos, la tos se vuelve roja.

Melissa la miró impresionada.

—No puede ser, es lo que tuvo la marquesa, no dejaba de toser y el médico le dio esos tónicos y dijo que mejoraría... pero murió esta madrugada.

Angelyn se estremeció, no podía creer que la joven hubiera muerto, pero estaba enferma cuando la visitó. Y ella lamentándose porque su prometido la había abandonado... enfrentada a la muerte y a la enfermedad en el castillo de Saint Auxerre, sus penas eran casi nimias. Estaba viva, era joven y podía regresar junto a su tía, pero para madame Delphine que lo había tenido todo ahora sólo le esperaba un lecho frío tres metros bajo tierra. Hacia el eterno descanso. Una joven llena de vida, con sus locos celos y pena por no poder darle un hijo a su esposo...

—No lo puedo creer—balbuceó—es tan triste... era tan joven. Melissa asintió.

—Tenía veintitrés años y se había casado a los diecisiete con el marqués—respondió Melissa—el marqués está muy mal. Pero debe ir, está en la capilla y se hará una misa en su honor, mademoiselle. No puede faltar.

—Iré por supuesto, Melissa. Sólo que no tengo ningún vestido negro.

—Oh no se preocupe, el azul servirá. Azul oscuro o un chal. Lo importante es que esté mademoiselle. La ayudaré a buscar algo adecuado.

Angelyn corrió a cambiarse y estuvo lista momentos después.

Pero todo su coraje se vino abajo cuando entró en la capilla ardiente, a la que empezaban a llegar los primeros invitados al velatorio. Las flores y cirios encendidos en forma de guirnalda la hicieron estremecer. No se sentía fuerte para enfrentar eso, era tan joven, además ella sentía pavor a los velorios, siempre buscaba alguna excusa para no asistir, pero ahora resultaba imposible. Era huésped del castillo y, además, el marqués le había ofrecido hospitalidad y debía ser fuerte y vencer el terror que sentía, el terror y las náuseas por el olor a flores... se acercó para saludarlo y darle el pésame.

El marqués estaba junto al féretro y se veía tan extraño, su mirada parecía perdida. Nunca lo había visto así, tan triste y con una mirada como esa. Y entonces vio algo mucho más penoso: a su esposa, esa dama gruesa malhumorada pero llena de vida allí yacía en un féretro: tiesa, inmóvil, cubierta con un vestido blanco como si fuera un ángel, su cabello negro largo a ambos lados y su rostro oval casi se veía demacrado y con una expresión atormentada como si aún conservara el dolor que esa horrible enfermedad le había causado. Horrorizada apartó la mirada al comprender los estragos que esa enfermedad pulmonar y mortal había hecho a una dama joven, tan llena de vida, con esa mirada oscura, celosa siempre de su esposo y ahora sus ojos se había cerrado para siempre.

—Lo siento mucho marqués, lo siento mucho.

Él la miró con expresión extraña mientras murmuraba una frase de agradecimiento hasta que su mirada cambió, sus ojos oscuros la miraron con fijeza.

—No salga de su habitación mademoiselle, no lo haga, permanezca allí. No debe estar cerca de mi esposa—le respondió.

La joven no entendía por qué le decía eso. ¿Cerca de su esposa? Pero debía participar de su funeral...

—Pero debo estar aquí, usted ha sido tan gentil conmigo...—balbuceó.

Él avanzó con expresión furiosa. Nunca lo había visto así.

—Es un destello de luz en medio de tanta oscuridad. Mi estirpe está maldita mademoiselle, nuestro linaje ha terminado... Tal vez asista luego a mi funeral mademoiselle, y yo sentiré mi corazón latir otra vez cuando la vea allí y quiera tomar mi mano fría reposando en el ataúd.

Ella pensó que el marqués se había vuelto loco, que había sido demasiado para él y no debía considerarla de la familia por eso no quería que estuviera allí en el funeral de su esposa.

—Lamento haberle molestado, pensé que debía estar aquí, lo siento mucho—replicó.

—Y yo dije que te quedaras en tu habitación, se lo dije al mayordomo. Regresa a tu habitación ahora hermosa, no es necesario que estés aquí—le dijo con voz más suave—Es por tu bien... no debes contagiarte. La muerte está en el castillo, puedo sentirla, esta terrible plaga se llevó a mi pobre esposa y ha enfermado a las criadas que la atendían... y no se detendrá, ¿comprendes? No se detendrá.

Ella se alejó despacio, sintiendo las miradas de desaprobación a su alrededor, como si fuera una intrusa o una invitada inoportuna, contuvo las lágrimas y huyó, corrió rumbo a su habitación sin poder olvidar la mirada del marqués, ni sus palabras, ni la imagen de su joven esposa muerta en ese féretro mientras oía las campanas a la distancia con su gong fúnebre sin dejar de tocar.

TODO EL CASTILLO SE tiñó de luto, las ventanas fueron cubiertas con oscuros cortinados y los sirvientes realizaban sus quehaceres silenciosos, escurriéndose sin ser vistos ni oídos, mientras de fondo se oían estornudos. El marqués se recluyó en sus aposentos y dijo que no recibiría a nadie y luego de la primera semana las visitas dejaron de llegar al castillo, espantados por la tragedia y el terror al contagio. Excepto las visitas de duelo, pero estas eran muy breves y escasas.

Angelyn supo por su doncella que los enfermos se habían multiplicado y el terror al contagio se había adueñado del castillo. Todo comenzaba con un estornudo, tos, fiebre alta y decaimiento general y luego los enfermos contagiados del mal pulmonar no podían ni levantarse de la cama y todo empeoraba. Monsieur Montnoire logró recuperarse, pero el médico dijo que sus pulmones quedarían débiles un buen tiempo y lo mismo los tres criados que sobrevivieron, entre ellos la pobre Betty, pero una mañana Melissa dijo que Fanny la fregona y su hermana Margarite habían muerto. Lo dijo con lágrimas en los ojos, angustiada, llena de pena.

—Las mujeres parecen pasarlo peor... la marquesa y ahora Fanny y Marguerite. El doctor dijo que las mujeres son más débiles a esas enfermedades. Las mujeres y los niños... por suerte aquí no hay niños—dijo—Pero cada vez hay más enfermos mademoiselle, por eso no debe salir de la habitación.

Angelyn se sintió deprimida, llevaba días encerrada y ahora se enteraba que Fanny y su hermanita menor habían muerto. Las conocía de vista y sabía que debían tener su edad y toda una vida por delante, era tan injusto, tan triste.

—Tal vez debería irme de aquí, Melissa. No quiero morir—balbuceó aterrada.

Ahora ella también temía por su vida.

Su doncella la miró espantada.

—Oh no morirá mademoiselle, está a salvo aquí pero no salga de su habitación, el médico ha rogado que aislemos a los enfermos y evitemos el contacto cercano en lo posible. Hasta ahora hemos podido evitar esta horrible peste. También nos ha rogado especial higiene y por eso... el día anterior incendiaron colchones y sábanas de los enfermos. Y si debemos atender a los enfermos pues es mejor usar un pañuelo en la boca como antes se hacía con la peste para evitar que la enfermedad entre en nuestros pulmones porque una vez allí.

—OH Melissa, es horrible, todos moriremos y no quiero morir... no quiero estar aquí. Por favor, ayúdame a escapar del castillo—suplicó Angelyn sintiéndose cobarde al hacerlo.

—No puedo hacerlo señorita, no puedo hacer lo que me pide. Por favor, rece, rece y pide protección, no podemos hacer nada más ahora, sólo rezar y esperar.

Su doncella tenía razón, pero en esos momentos se sentía tan triste y desesperada, no sólo sabía que su prometido estaba casado con otra dama, sino que ahora se quedaría en un castillo asolado por una terrible plaga y podía morir de un momento a otro.

—Lo siento... sé que te parecerá una cobardía Melissa, pero... es que tengo miedo de morir. No deseo terminar como madame Delphine, la marquesa. Tan joven... en un cajón rodeada de flores y cirios.

—Oh no piense eso mademoiselle, es que la pobre nunca tuvo salud, vivía resfriada siempre... creo que desde niña. Todos los inviernos la pasaba mal y esto fue... Un pariente suyo la contagió, vino a verla con esa gripe... fue una maldad. Monsieur Tourenne.

—¿Te refieres al conde de Tourenne?

—Sí, ese hombre... siempre tosía y no tardó en esparcir la enfermedad. Se fue y dejó la plaga aquí y ahora... estamos rezando. El padre Anselmo dará una misa por los enfermos el próximo sábado, puede ir si lo desea, pero... el marqués ha dicho que no salga de su habitación. No estará a salvo lejos de aquí señorita, no olvide los peligros de ese bosque.

—Melissa, no quiero morir aquí, hay demasiados enfermos y es muy grave tú misma has dicho que es una gripe mortal.

—Pero no se contagiará, debe lavarse las manos y alimentarse bien, estar abrigada... el médico dijo que si todos seguimos sus consejos no habrá más enfermos. Por favor, mademoiselle, no haga una locura. Son días muy tristes sí, pero confío en que el señor nos ayudará a salir adelante y que nuestra señora de Saint Auxerre no nos abandonará ahora.

La virgen de Saint Auxerre, Angelyn recordó que aún llevaba la medalla. Debía rezarle y aguardar su protección. No podía escapar ahora como una cobarde, además, su triste realidad era que no tenía a donde ir. Si regresaba a su casa su madre se disgustaría mucho, ella no sabía la verdad, ni imaginaba que su prometido la había abandonado para casarse con otra. El disgusto la habría matado, su salud era muy delicada.

—Rece, mademoiselle—dijo su doncella y se alejó.

La jovencita se acercó al retrato de la virgen que había en su habitación y sin vacilar se arrodilló y rezó.

PERO SUS REZOS NO FUERON escuchados, pues la temible gripe siguió avanzando, asolando el castillo y una semana después Angelyn vio desde la ventana de su habitación cómo una procesión fúnebre se encaminaba en silencio hacia el cementerio del castillo, portando dos féretros a la eterna morada ese día gris y lluvioso de finales de otoño.

Se estremeció al comprender que el mal no había parado como le había dicho su doncella, sino que se cobraba nuevas víctimas y contuvo la respiración mientras observaba el cortejo fúnebre caminando un buen trecho hasta el cementerio del castillo, nadie le había avisado de esas muertes, pero el padre Anselmo presidía el cortejo esparciendo incienso a su alrededor. Podía verle a pesar de la distancia.

Angelyn observó la tétrica procesión y rezó en silencio. Dos nuevas víctimas, cinco en total. Y nadie sabía quién podía ser el siguiente. Muchos habían enfermado y tenían tos, al toser contagiaban a otros, eso le aseguró Melissa días atrás. Pero dijo que los enfermos se recuperaban y que parecían fuera de peligro. Al parecer se había equivocado.

Abandonó la ventana y se acercó a su cama para jalar del cordel para llamarla, debía saber qué había pasado, quiénes eran los muertos. Aguardó impaciente mientras regresaba a mirar por la ventana el cortejo fúnebre alejándose. Y de pronto vio que eran tres, tres féretros llevados entre los criados. Tres muertos.

Un sonido en la puerta la hizo temblar. Luego recordó que había llamado a Melissa y entonces la vio, tenía la cara hinchada y los ojos rojos por haber llorado.

—Acabo de ver... el cortejo. ¿Quiénes eran, Melissa?

—Louis y su hermano Theodore y Bessie la ayudante de cocinas. Hay más enfermos y pronto no habrá quién cuide de nosotros si caemos, mademoiselle. Por eso... le he traído un amuleto para que la proteja.

—¿Un amuleto? —repitió la joven con extrañeza al ver el saquito de terciopelo cerrado con un cordel.

—Tiene planta de muérdago y azucena, es una esencia que espanta al demonio de la enfermedad.

¿Demonio de la enfermedad? Angelyn nunca había oído algo como eso.

Su doncella insistió en que lo tomara y parecía muy convencida de su eficacia.

—Guárdelo bajo su almohada para que el mal no la visite, señorita, por favor no diga nada al marqués, a él no le agradan estas cosas, dice que son brujerías. Pero llevar este amuleto nos ha mantenido sanos, mademoiselle.

La joven lo aceptó.

—Gracias, Melissa... Es que me siento una prisionera aquí, día tras día debo estar encerrada y además hace días que no veo al marqués. Dos semanas o más.

—Es por su bien señorita, ya se lo dije, es riesgoso que salga ahora. Además, el marqués no quiere ver a nadie ahora, señorita, está muy apenado por haber perdido a su esposa. Además, teme contagiarla.

—¿Contagiarme?

—Todas las sirvientas de madame Delphine están graves o han muerto, y él teme que... siente terror de que algo le pase y me ha encomendado su cuidado. No puedo salir del ala sur, no me deja dormir con las otras criadas. Todos los enfermos están aislados y quienes los ayudan también enferman... creo que habrá más muertes en las próximas semanas. Algunos han renunciado mademoiselle, lo han hecho, ya no resisten... y se han marchado sin importarle el mal tiempo.

—Pero pueden salvarse, pueden hacerlo. El frío de la intemperie los matará, pero si se quedan aquí...

Los ojos de Melissa brillaron de rabia.

—Es que no podemos cuidarlos a todos, cada día son más enfermos y si logran recuperarse tardan días en retomar el trabajo porque quedan muy débiles. Y los que quedamos sanos, señorita... nos agota el trabajo y nadie quiere suplantar a los sirvientes, la señora Emile no da abasto y dice que esta plaga es mucho peor que la que se vivió en Francia a comienzos de siglo, mucho peor.

—Melissa, por favor, tranquilízate. Debemos rezar, pedir ayuda al señor, sólo él puede librarnos de este mal.

—El señor nos ha olvidado mademoiselle, lo siento, pero creo que es así... se ha olvidado de nosotros. No puede ayudarnos, esto es demasiado. Es el demonio de la enfermedad... el mismo señor de Saint Auxerre lo dice, su estirpe está maldita, primero su hermano abandona el castillo y se casa con la hija de un mercader y ahora su esposa muere... son demasiadas desgracias. Parece un castigo y por eso el señor no quiere ayudarnos y deja que mueran aquí como moscas, uno a uno...

—Oh no digas eso, Melissa por favor, no es así. Estoy segura de que esta terrible plaga pasará.

Angelyn trató de ser optimista pero lo cierto es que su ánimo también decaía, confinada a esos aposentos y sin recibir más visitas que la de los criados sus días pasaban tristes y monótonos.

Y ese día no pudo evitar pensar en los sirvientes, casi condenados a pescar el mal pulmonar, la temible peste por un contagio que había comenzado con la marquesa y ahora atacaba sin piedad a los criados, uno a uno iban cayendo y no había nada que pudieran hacer, sólo rezar.

Pero ella no perdía la fe y cuando supo que se haría una misa al día siguiente por las almas de los difuntos y para que los enfermos tuvieran una pronta recuperación, asistió.

Y cuando entraba en la iglesia vio al marqués, vestido de negro y expresión sombría. Sus ojos la miraron con cierta inquietud.

—Mademoiselle Angelyn—murmuró en son de saludo avanzando hacia ella.

La jovencita tembló al verle, tembló como una hoja, no pudo evitarlo. Hacía tanto que no lo veía. Pero le preocupó su aspecto, parecía pálido y demacrado.

—Monsieur Marqués... siento mucho lo que está pasando en su castillo—dijo.

Él la miró con fijeza.

—Lo sé, pero le ruego que permanezca en su habitación, es usted muy joven y, además, el doctor dijo que las mujeres eran más débiles a esta enfermedad pulmonar.

—Pero no puedo quedarme encerrada para siempre, quisiera ayudar... son tantos los enfermos.

Los ojos del marqués tenían un brillo extraño.

—No, jamás, ni se le ocurra mademoiselle, demasiado daño le ha hecho mi hermano y ahora... ¿acaso desea morir en este castillo, lejos de su hogar? No puedo permitirlo. Y le ruego que sea sensata y siga mis consejos, sé que todo esto ha de asustarla y angustiarla, pero no es la primera vez que ocurre en Saint Auxerre, aunque sí de forma tan virulenta y mortal... debemos resistir y seguir los consejos del doctor. Aislar a los enfermos para que la plaga no avance, lavar bien las manos y usar bufanda si tenemos que acercarnos a ellos. Oremos ahora mademoiselle, esto tiene que terminar, tiene que terminar un día. No puede durar para siempre...

Angelyn pensó que era cruel abandonar a los enfermos, no podían quedarse solos en momentos tan difíciles y se lo dijo.

—Sí, sé que es duro todo esto, no le pido que lo entienda, pero el doctor es el único que puede verlos sin contagiarse, sin embargo, cuando los enfermos comienzan con fiebre alta y a toser sangre, no hay nada qué hacerle. El mal los consume y sólo queda rezar por ellos. Pero si hay sangre es irreversible, los pulmones se han dañado por esta enfermedad terrible. Estuve junto a mi esposa, mademoiselle, hasta su último aliento, traté de aliviar su dolor, de hacer algo para salvarla, pero todos los cuidados fueron inútiles. Ni siquiera sabía que estaba allí, entró en un sueño profundo y luego... dejó de respirar. Y sus doncellas enfermaron, algunas lograron recuperarse. Pero dos de ellas murieron, el señor se apiade de sus almas. Lamento tanto esto y lo peor es que sólo podemos esperar a que merme la virulencia y se vaya y rezar... si acaso el señor escucha nuestros rezos, empiezo a tener dudas de ello.

Angelyn supo que debía obedecer y esperar como el marqués que ese terrible mal se alejara del castillo para siempre. Rezaría por ello, y también por las almas de los desdichados que habían partido el día anterior. No era mucho más lo que podía hacer, pero rezar la reconfortó. Estuvo a su lado durante toda la liturgia y eso le dio mucha paz. A pesar de que lo notó de pálido semblante y apenas intercambiaron unas palabras, lo había visto y estaba bien. Había temido que estuviera enfermo, y no podía entender por qué seguía encerrado. Suponía que, por haber perdido a su esposa, pero...

Trató de disimular, pero le fue muy difícil. Su corazón saltó de alegría al verle y su mirada la hizo estremecer, su sola presencia iluminó su triste corazón dándole una luz de esperanza. Se sentía tan vacía sin él... ¿por qué negarlo? Era cierto. Días, semanas sin verle, sin saber nada excepto lo que le decía su doncella.

La luz estaba encendida cuando regresó a su habitación, pero el cuarto se había enfriado y tiritó. Lo había visto y eso le arrancó una sonrisa y se distrajo mirando por la ventana pensando en él. Intentando evocar su mirada, sus palabras hasta que habló de su esposa muerta... la había cuidado hasta el fin.

Pensar en madame Delphine la hizo sentir como una intrusa, una persona mezquina y miserable. ¿Qué rayos estaba pensando? ¿Por qué tenía esas fantasías en la cabeza?

—Mademoiselle, ¿qué ha sucedido con el fuego? —preguntó Melissa al entrar en la habitación.

Ella la miró con expresión ausente sin comprender lo que decía.

—Qué extraño, estoy segura de que dejé el fuego encendido toda la mañana—insistió y se fue en busca de leña.

La joven no le dio importancia a eso, ni siquiera había notado que la habitación estaba fría.

De nuevo el encierro. Los días grises y solitarios, los pequeños quehaceres para matar el tiempo.

Charlaba con Melissa, ella era casi una amiga, a pesar de ser su doncella y de que estaba segura de que su tía lo habría desaprobado, ¿qué importaba que fuera una criada y ella una señorita heredera de un antiguo linaje? Tenía sólo el recuerdo de su linaje y posición, ahora no tenía más que la promesa del marqués de buscarle marido cuando todo volviera a la normalidad. Si es que encontraba a un caballero que la quisiera como esposa, si no era así debería regresar a su casa.

Sin embargo, sentía pena al pensar que un día debía marcharse del castillo de Saint Auxerre, pues a pesar de todo había comenzado a sentir que era su hogar.

Casi se había acostumbrado a sus fantasmas, a sus verdes praderas y bosques, a cada rincón del sombrío edificio, lleno de esplendor y también misterio.

Día tras día se preguntaba si vería la primavera o sucumbiría como tantos en ese castillo. Ya no preguntaba por los enfermos y se negaba a curiosear por la ventana. No quería saber a cuántos se había llevado ni cuántos habían resistido. El castillo casi se había convertido en el hospital Hôtel-Dieu de Paris, había tantos enfermos que casi podía sentirse el olor de la muerte, su horrible presencia invisible recorriendo los salones esperando con ansias para llevarse un nuevo enfermo al eterno descanso.

Angelyn no quería pensar en esa alegoría infernal y trató de apartar esos pensamientos mientras intentaba leer un libro.

Estaba harta de ese encierro y de no poder ver al marqués, se sentía como una niña castigada por haber hecho algo malo. Debió decirle al caballero que ella era una joven fuerte y nunca se enfermaba, que tenía una salud de hierro como decía su tía y jamás habría sufrido siquiera un resfriado, excepto siendo niña... era fuerte y odiaba estar encerrada. Ya no temía al contagio, sólo quería que todo terminara para poder salir de allí.

Sabía que era por su bien, pero comenzó a sentirse triste y nerviosa, necesitaba dar paseos, tomar aire libre, salir...

Desesperada, una semana después aprovechó un descuido de su doncella para escabullirse y recorrer el castillo. Sintió un aire helado envolverla como si fuera un fantasma y tiritó al sentir el hielo en su piel. Su habitación siempre estaba calentita y confortable pero allí no había calidez y tampoco ninguna presencia humana cerca. ¿Dónde estaban todos? Sabía que al final del pasillo estaban los aposentos de la tía del marqués, pero todo estaba en silencio como si no hubiera nadie alrededor.

Caminó con mucho sigilo cuidándose de no ser vista, tal vez quedara algún sirviente escondido o la propia madame Delphine. Pero no vio a nadie y la habitación del final de pasillo estaba cerrada tal como imaginaba.

Sintió curiosidad y siguió su recorrido, pero al llegar hasta la puerta que cerraba el piso la encontró cerrada con llave. No podía ser... intentó abrirla, pero notó que el picaporte no cedía, ¿alguien debió cerrarla, pero por qué?

Retrocedió disgustada. Al parecer alguien quiso cerciorarse de que no escapara. Pensó que podía intentarlo.

—Mademoiselle Angelyn—dijo una voz familiar.

Melissa apareció como un fantasma mirándola con aire acusador. Al parecer ella estaba encerrada en ese piso y vigilaba sus pasos.

—¿Qué hace aquí? Por favor, regrese a su habitación—quiso saber.

La jovencita la enfrentó.

—¿Por qué han cerrado la puerta del piso, Melissa? ¿Acaso soy una prisionera en el castillo? —se quejó—sólo quería dar un paseo.

La cara de la doncella cambió, parecía algo incómoda.

—Lo siento mademoiselle, pero son órdenes del marqués de Saint Auxerre. Él desea mantenerla a salvo, aislada de los enfermos. Todavía no se ha detenido esa peste. Aún quedan enfermos... menos que antes, menos graves, pero hay que esperar. El doctor dijo que teníamos que esperar un tiempo para que se fuera la enfermedad.

—Pero llevo semanas aquí, sin poder salir. Por favor, Melissa, pídele al marqués... sólo un paseo corto por los jardines. No me hará mal, es aire puro.

—Puedo preguntarle si desea, pero sé que no la dejará. Teme que algo le pase, usted es la prometida de su hermano.

Angelyn bajó la mirada.

—Ya no lo soy, Melissa—dijo entonces.

—Bueno, pero Monsieur desea que nada malo le pase. Y yo no puedo desobedecer sus órdenes. Le preguntaré si lo desea, pero ahora, por favor regrese a su habitación y no vuelva a escaparse o me castigarán, mademoiselle.

—Lo haré, te lo prometo. Pero por favor, no le digáis nada al marqués o se enfadará.

La joven obedeció y pensó que no le molestaba tanto haber sido encerrada sino estar lejos del marqués. ¿Realmente quería protegerla o lo hacía para castigarla o porque sabía que ella...? No se atrevió siquiera a preguntárselo. Ni podía pensar en ello en voz alta. Sólo esperaba que no llegara a sus oídos que había desobedecido.

PERO EL MARQUÉS NO la autorizó a realizar un paseo como había pedido y tuvo que quedarse encerrada nuevamente hasta que el mal retrocedió y el marqués dio una misa para agradecer al señor que los había salvado.

El invierno avanzó y los enfermos comenzaron a recuperarse lentamente y los entierros habían disminuido. Ocho en total y diez convalecientes. El marqués decidió contratar a nuevos sirvientes de forma temporal pues faltaban demasiados criados y en unas semanas volverían a tener invitados.

El marqués parecía haber salido del duelo y Angelyn se sonrojó intensamente cuando se vieron nuevamente en la capilla. Al fin había terminado su confinamiento. Podría salir...

Sin embargo, él fue muy distante con ella, apenas le dirigió un frío saludo y le preguntó si se sentía bien.

—Estoy bien, gracias, Monsieur.

Pero antes de marcharse le dijo que fuera prudente.

—Le ruego que se cuide de los fríos, el invierno en Saint Auxerre es muy cruel y todavía queda lo peor—agregó.

Ella asintió y se alejó sintiéndose como una completa tonta, abrigando no sé qué fantasías locas con el señor del castillo. Estaba casi al borde de las lágrimas cuando fue al jardín a dar un paseo aprovechando el sol brillaba y no había casi nubes. Estaba triste y feliz, con un estado de ánimo muy raro, porque había logrado sobrevivir a la plaga que había asolado al castillo, pero sentía un dolor intenso en su corazón, no podía evitarlo.

—¡Mademoiselle Angelyn! —dijo una voz familiar.

Era su doncella. Rayos, ¿acaso sería siempre su perro guardián?

No quería que la siguiera a todas partes, quería disfrutar su primer paseo en mucho tiempo y sin detenerse comenzó a correr. Melissa no la alcanzaría...

—Mademoiselle, por favor, no se aleje.

Pero Angelyn estaba muy lejos de su doncella luego de encontrar un escondite en los jardines. Necesitaba estar sola, sola y al aire libre, había echado tanto de menos sus paseos matinales. Hacía frío y tal vez debía buscarse un abrigo, pero diantres, llevaba tanto tiempo abrigada y encerrada que hasta le daba fastidio la palabra pelliza o capa de paño. Sus ojos se cerraron de golpe para retener las lágrimas. Tal vez se había engañado, tal vez todo había sido producto de su imaginación, pero él había dicho que su hermano era muy afortunado y la había hecho sentir especial.

Pero al parecer, ella no era especial, sino sólo el huésped que se había quedado más tiempo del previsto no era especial para él... sus miradas y atenciones no significaban nada.

Pasaría el tiempo y cuando el duelo desapareciera de Saint Auxerre entonces le buscaría un marido apropiado. Eso le había prometido.

Excepto que ya no quería casarse con un desconocido. Casi había sido empujada a esas tierras extrañas, para casarse con Etienne de Ferbes, porque así lo había dispuesto su padre antes de morir, pero Etienne se había casado con otra y ella no quería casarse con nadie.

Ahora no quería hacerlo.

Y secando sus lágrimas salió de su escondite y caminó de regreso al castillo. Al menos disfrutaría ese paseo, buscaría consuelo en estar allí al aire libre, respirando aire fresco a pesar de que el aire se sentía helado.

De lo demás no debía preocuparse. Quizá se había precipitado o tal vez no fuera más que una fantasía.

Cuando regresó notó los negros cortinados de las ventanas, todo el castillo continuaba de luto y sabía por Melissa que en una semana el marqués sólo recibiría invitados una o dos veces en la semana, no habría fiestas ni tampoco partidas de caza en respeto por la difunta marquesa.

Sin embargo, el castillo seguía siendo un sitio oscuro y extraño, sombrío... como si los seres que habían perdido la vida de forma reciente todavía estuvieran allí merodeando como fantasmas. Podía sentir su invisible presencia y la pena que ellos debían sentir entonces al haber abandonado el mundo de forma tan prematura.

Angelyn apartó de sí esos pensamientos sombríos y murmuró una oración en silencio. Cuando entró en su habitación se sintió más calmada.

L ENTAMENTE TODO VOLVIÓ a la normalidad en el castillo, los sirvientes enfermos fueron recuperándose, pero no había fiestas ni reuniones duraderas.

Angelyn recibió carta de su madre preguntándole cuándo sería su boda.

"Espero que me aviséis con tiempo querida. Temo que no sé si podré asistir pues he pescado un resfriado muy furioso y sólo Dios sabe cuándo podré estar en condiciones para viajar, pero me siento tal feliz por ti, es un sueño hecho realidad y el deseo de tu padre, por supuesto".

La carta no decía mucho más, la letra parecía descuidada, como si le costara mucho escribir y hasta había algún manchón de tinta, algo que su madre jamás habría tolerado.

"Hay una plaga extendiéndose por el pueblo, dicen que es una gripe nefasta que te deja muy débiles los pulmones".

Cuando la jovencita leyó eso último tembló. No podía ser, ¿entonces esa maldita peste se había extendido también a su querido hogar, a su pueblo, por todo el país?

Luego de leer la carta pensó que debía decirle a su madre la verdad sobre su compromiso, para que no siguiera esperando la boda con el hermano del marqués. Pero ¿cómo decírselo sin romperle el corazón?

Tomó la pluma, la mojó con el tintero y aguardó, necesitaba pensar las frases correctas antes de escribir para no cometer errores, pero... luego de escribir las primeras líneas le faltó coraje para darle a su tía esa mala noticia.

No quería disgustarla. Conocía bien su temperamento y si luego encontraba un esposo... no había razón para preocuparla. Así que le habló de la plaga en el castillo, eso llenó una carilla entera casi y de la muerte de la esposa del marqués. El duelo sería prolongado, así que no habría bodas durante un buen tiempo... Tenía una buena excusa para postergar la suya... o para contarle a su madre que Etienne se había casado con otra, cuando tuviera coraje por supuesto.

Un sonido de pasos la sobresaltó mientras guardaba la carta con sigilo.

Era su doncella, quien al verse sorprendida farfulló con voz forzada:

—Mademoiselle, el marqués me ha pedido que le avise que esta tarde habrá visitas y se sentirá muy honrado de contar con su presencia.

—¿Visitas? —repitió la joven.

—Sí... llegarán unos parientes del marqués, pero no habrá baile, sólo una cena a las siete.

Visitas de familiares. Esperaba que no fuera una tentativa del marqués por encontrarle marido y librarse de ella.

—¿Parientes?

—Sí mademoiselle, familiares del norte, herederos del conde de Amiens. Gente muy importante. No pudieron acudir al entierro de la señora marquesa y vendrán a presentarle sus respetos.

Angelyn se preguntó cuál de sus vestidos sería apropiado para la ocasión y cuando se lo preguntó a su doncella esta le recordó los vestidos que le había obsequiado la marquesa.

—No creo que sea buena idea—respondió la joven.

Y al ver que Melissa ponía cara de desconcierto agregó: —No quiero que me vean con su ropa, que el marqués sienta tristeza al recordar a su esposa muerta. Sería un desatino.

—Pero la marquesa tenía un montón de ropa que no usaba, vestidos muy costosos que... pienso que podría usarlos. Déjeme preguntarle al marqués. Él tuvo que quemar sus pertenencias cunando el doctor se lo dijo, se hizo una gran fogata con la ropa de los que habían muerto por la gripe, pero creo que quedó algo en su baúl.

Angelyn se sintió horrorizada al imaginarse con la ropa de la difunta.

—No, no quiero usar su ropa, Melissa. Llevaré el vestido azul que me obsequió mi madrina en mi cumpleaños—dijo.

Era lo más nuevo que tenía y ya lo había usado en dos ocasiones, pero necesitaba estar arreglada si recibían visitas.

Y esa tarde cuando debió presentarse en el salón se miró nerviosa en el espejo. Su doncella había estado horas peinándola y sus ojos tenían un brillo especial, y sus mejillas estaban muy rojas.

—Oh se ve radiante, mademoiselle—dijo su doncella.

Ella se sonrojó aún más.

—Qué tonterías dices, Melissa.

—Oh el marqués morirá de amor cuando la vea.

Ese comentario parecía fuera de lugar y la joven se disculpó luego de decirlo.

—Lo siento es que no sé por qué digo esas cosas, señorita, perdóneme. Es que como se ve tan guapa... no comprendo cómo el señor Etienne pudo plantarla así.

Angelyn bajó la mirada.

—No soy bella, Melissa y si lo fuera eso no es una virtud sino un accidente.

Rayos, parecía estar diciendo palabras de su tía Louise que no se cansaba de afirmar que una joven debía ser modesta y honesta y desconfiar de los halagos porque la belleza no era una virtud.

—Sí, lo sé, sin embargo, la belleza enamora a un hombre señorita y estoy segura de que... encontrará un esposo muy pronto.

—¿Es que no lo entiendes? No me interesa casarme.

Melissa no dijo nada y tal vez pensó que estaba triste porque su compromiso se había roto, no imaginaba lo que había detrás de su rabia y dolor.

Angelyn atrajo las miradas nada más entrar al comedor.

Jamás imaginó que los familiares de Amiens fueran tan numerosos y sus ojos miraron al marqués con cierta timidez, no le agradaba sentirse en exhibición ni tener que conversar con desconocidos. Tal vez estaba de mal humor ese día luego de la charla que tuviera con su doncella. Primero los vestidos de la difunta señora del castillo, luego la mención del marqués y finalmente su fallido compromiso.

Trató de pasar desapercibida y casi lo consiguió, el marqués apenas le había dedicado un frío saludo y la ignoró el resto de la velada. Mientras que sus dos primos: André y Philippe parecían disputarse su atención con galanteos. Uno era rubio y muy alto, el otro pelirrojo y robusto. Ninguno le agradaba, pero luego se dijo que debía dejar de ser tan arisca porque era claro que su anfitrión deseaba buscarle un marido pronto. No sería la primera vez, pero al parecer la búsqueda del marido había comenzado y debía hacerse a la idea.

Observó a su anfitrión a la distancia con gesto torvo al verle rodeado de damas elegantemente ataviadas, aunque no eran tan hermosas como parecían a simple vista. Pero llevaban vestidos nuevos y muy bonitos, seguramente hechos por alguna modista parisina, el suyo se veía completamente insignificante y en sus miradas notaba su desdén y se sintió mal. No quería estar allí, su vida pudo ser tan distinta de no haber perdido a su prometido...

Bueno ¿y qué ganaba con lamentarse? No podía regresar a casa de su tía, debía quedarse y con el tiempo encontraría un esposo adecuado, el marqués así se lo había prometido.

Su mirada triste se cruzó con la del señor del castillo, él tampoco parecía muy animado ese día, sus ojos la miraron con cierta ansiedad y disgusto, no sabía por qué la miraba así, pero creyó que era momento de pedir permiso para retirarse.

El marqués la miró con sorpresa, pero no dijo nada al respecto.

—Por favor, descanse mademoiselle—dijo mirándola con lástima.

Angelyn se alejó con prisa sin mirar a nadie más tras hacer una breve reverencia al marqués.

PERO LAS VISITAS CONTINUARON y un grupo de parientes se quedó demasiado tiempo. Su doncella fue quién le contó lo que pasaba una mañana.

—El caballero está molesto, no soporta que ese par tengan planes casamenteros.

Esas palabras no explicaban gran cosa para la joven, al contrario.

—Querida Melissa, no sé de qué me hablas. Por favor, ¿podrías decirme lo que sucede?

—Bueno es que ... las primas del marqués, mademoiselle Guerine y su hermana Rosie no hacen más que estar expectantes como si quisieran... Sólo piensan en coquetear ¿comprende? Creo que ambas se disputan la atención del marqués.

Aquello escandalizó a la jovencita.

—Pero él ha enviudado, ¿cómo pueden tener esas pretensiones?

—Bueno, al parecer ellas no piensan lo mismo. Y no me extraña. Siempre hay damas tratando de acercarse al marqués.

Angelyn se puso roja de rabia, por supuesto, el marqués buscaría una esposa adecuada cuando dejara el luto. Jamás la vería como una dama a su altura... sólo podía aspirar a casarse con un caballero de menor fortuna y eso no debía preocuparla, pero...

—¿Y tú crees que el marqués se casará con una de sus primas cuando llegue el momento?

La doncella pareció dudar.

—No lo creo, son muy feas, aunque he oído que el señor necesita herederos, por eso querrá una esposa apropiada cuando llegue el momento. Su duelo es muy reciente y creo que es de mal gusto hablar de esto mademoiselle, perdóneme.

—Oh sí por supuesto —la joven se sonrojó con intensidad.

Y cuando la doncella se marchó, la jovencita se puso a bordar para matar el tiempo hasta el almuerzo, pues ese día de niebla no podría hacer gran cosa. Necesitaba distraer los nervios que le provocaba pensar tanto en el marqués y mientras bordaba escuchó pasos, pasos silenciosos en su habitación y tembló. ¡Demonios, era el fantasma, el fantasma de Saint Auxerre había regresado! No podía ser, pensó que se había ido luego de morir madame Delphine. ¿Qué hacía allí? ¿Y por qué siempre aparecían los días grises, cuando se sentía triste por alguna razón?

Angelyn se incorporó molesta y asustada.

—¿Quién está allí? —preguntó mirando a su alrededor. No estaba de humor para salir a investigar, sólo quería darle a entender al fantasma que estaba harta de sus bromas y lograr así espantarle.

Aguzó el oído sin dejar el bordado y sólo oyó el silencio... pero ese silencio decía a las claras que el fantasma había oído sus preguntas y su respuesta era: callar, como siempre. Esconderse para no ser visto o huir por la puerta.

Pero esta vez no escaparía, estaba cabreada, odiaba que ese fantasma hiciera eso que la espiara y luego se hiciera humo sin dejar un rastro y decidió ir a buscarlo. Lo haría. Venciendo el terror que sentía avanzó presta hacia la otra habitación pues sabía que no habría otro lugar para encerrarse, pero una vez más encontró la habitación vacía y, sin embargo, diablos, juraría que sintió un perfume en el aire una fragancia que le era familiar. Conocía ese aroma, pero no podía recordar dónde lo había sentido...

LAS PARIENTAS DEL MARQUÉS se marcharon una semana después y todo pareció volver a la tranquilidad, excepto por cierto caballero que parecía estar interesado en ella. Se trataba de un primo lejano del señor del castillo, Antoine Reille, pero la jovencita evitaba su compañía y no lo disimulaba. Cuando su doncella le advirtió de sus intenciones fue que decidió ignorarle.

Y allí estaba el pobre, tratando de buscar su compañía mientras las otras damas presentes se peleaban por llamar su atención. Desde que llegó hacía más de dos semanas la seguía con la mirada totalmente embobado. Sabía que la joven necesitaba un marido, pero su primo dijo que no había prisa.

—Puedes cortejarla si lo deseas, pero ella deberá aceptar tu amistad—le advirtió.

El joven se sintió ilusionado.

—¿Y tú aprobarías que pidiera su mano?

—Bueno, si ella te acepta primero... Sabes que mi hermano cometió la estupidez de hacer lo que hizo y la joven no se siente muy inclinada a casarse me temo.

—Bueno, espero contar con que cambie de parecer.

Pero en esas dos semanas no hubo muchos avances, y cuando su primo le preguntó ese día cómo iban las cosas con su protegida el joven sonrió.

—Es que no estoy muy seguro. Creo que es muy tímida.

—Sí, es una joven muy tímida y reservada. Inmadura. Y.... no creo que esté preparada para casarse.

Saber eso asustó un poco al feliz pretendiente.

—¿De veras?

—Bueno, yo la veo muy joven y no tiene mundo. Es educada y bonita por supuesto, pero ha pasado toda su vida en el convento de las hermanas descalzas. ¿Qué esperabas?

—¿Dices que ha vivido toda su vida en un convento?

—Sí, sus padres la enviaron a un internado de monjas y me temo que a ella no le interesan demasiado las fiestas ni las cosas tan mundanas.

—Pero me confesaste que necesitaba un marido—al caballero se les fue el alma a los pies.

El marqués sonrió.

—Bueno, sí lo necesita por supuesto el problema es que ella desee tenerlo... hay una sutil diferencia.

—¿Entonces crees que no sería una esposa apropiada? Dios mío, no quiero casarme con una monja.

El caballero hizo un gesto de vacilación.

—Debes conversar con ella y ver qué sucede. Sabes que te he dado permiso para cortejarla, si logras que Angelyn se fije en ti... entonces todo irá bien.

—Es que ella pasa mucho tiempo encerrada en su habitación, ni siquiera puedo verla estos días.

—¿De veras? Bueno, te advertí que era tímida—cuando el marqués dijo eso apareció la jovencita y miró a ambos con expresión extraña. La mirada que le dirigió al caballero menor era de espanto.

Ahora no podría escapar. El señor marqués la había llamado y allí debía estar.

—Buenos días, querida niña. ¿Cómo has estado? —la saludó el marqués.

Angelyn se acercó sin ocultar que se sentía algo avergonzada.

—Buenos días, señor marqués. Estoy bien, es muy amable al preguntar.

Luego de decir eso miró de reojo al otro caballero y tuvo que quedarse a conversar con él, no podía ser descortés.

Hacía días que ese joven la perseguía de forma casi literal. No sabía qué había visto en ella, en el castillo había jóvenes más bellas y distinguidas invitadas por el marqués, pero él no les prestaba atención.

—Puedo invitarla a dar un paseo por los jardines, mademoiselle Angelyn, es una mañana espléndida, ¿no lo cree? —dijo el joven Antoine.

—Oh, por supuesto...—replicó ella obligada.

Y lo acompañó a dar ese paseo sin demasiadas ganas, aunque su mal humor se esfumó al notar que el marqués la miraba a distancia y parecía pendiente de su conversación con su primo lejano. Como si estuviera celoso... eso la animó un poco, ciertamente que estaba muy incómoda viéndose obligada a conversar con ese sujeto, pero luego comenzó a coquetearle un poquito, sólo para ver qué hacía el marqués.

Le divertía que se pusiera celoso y que la siguiera con la mirada. ¿Estaría realmente interesado en casarla con ese palurdo? Porque ese joven no le llegaba ni a los talones al marqués, y verlos juntos lo había confirmaba. El aplomo, la mirada, el porte del marqués era inigualable y a su lado, su primo Antoine parecía un simple bufón. ¿Cómo podía pensar en casarse con alguien como él, tan insignificante?

—Mademoiselle, es usted una joven tan encantadora—dijo de repente el primo del marqués.

—Gracias, es muy amable Monsieur Antoine.

—Es usted tan hermosa que creo que ahora puedo entender la locura que hizo el ancestro de mi primo hace mucho tiempo... ¿conoce la historia de la doncella del castillo de Saint Auxerre?

—En realidad nunca me han hablado de esa leyenda.

El joven pareció sorprenderse.

—¿No? ¿De veras? Deje que le cuente... pues hace muchos años, un poco antes de la revolución nefasta vivía aquí el abuelo del actual marqués. En ese entonces estaba casado con una distinguida, aunque poco agraciada dama de Francia... Entonces hubo un naufragio en las costas de Saint Auxerre, un barco que venía del norte se estrelló contra la costa y todos fueron a ver si había sobrevivientes. Al parecer llevaban un importante cargamento de tesoros, sendos cobres de joyas y monedas de oro y mobiliario como si llevaran a una dama a casarse con su prometido, era lo que se estilaba entonces, joyas y mobiliario para la dote, aún se estila en realidad.

Angelyn parpadeó inquieta al sentir la mirada del marqués a la distancia... al parecer él se había acercado despacio intrigado porque estuvieran tanto tiempo conversando y eso la alegró.

—Bueno, como le decía se trataba de un buque mercante que transportaba a una bella dama para casarse, eso comprendieron los criados del marqués y subieron a bordo en busca de la dama casadera y otros sobrevivientes para prestarles auxilio. Pero el barco estaba seriamente dañado y el agua hizo que muriera gran parte de la tripulación.

—Oh qué tragedia. He oído que estas costas son muy peligrosas.

—Lo son por supuesto. Pero la historia no termina allí, mademoiselle, pues en cubierta encontraron a una joven damisela y a su sirvienta tendidas inconscientes. Corrieron a auxiliar a la señorita y notaron que se había desmayado y parecía lastimada seguramente por el viraje de la tripulación. Su fiel sirvienta estaba muerta, tenía un golpe muy feo en la cabeza y se había desangrado. Sólo la joven sobrevivió al naufragio y la llevaron de inmediato al castillo para intentar salvarle la vida.

—¿Y qué hicieron con los tesoros?

El joven sonrió.

—Los trajeron aquí por supuesto, en esos tiempos todo lo que naufragaba en las costas pertenecía al señor de estas tierras. Y la joven vino también por supuesto. Cuando el marqués supo de la tragedia fue a visitar a la joven damisela, intrigado, esperaba saber lo que había ocurrido, pero al parecer la pobre había perdido la memoria, no recordaba nada y el caballero no insistió y abandonó la habitación, muy turbado por la belleza de la joven. Se veía tan hermosa y frágil, pero estaba malherida y temían que no viviera demasiado. Pero no fue así por supuesto. La joven vivió lo suficiente para enamorar al señor del castillo.

—Oh de veras... qué historia tan apasionante Monsieur Antoine, ¿y qué ocurrió después?

—Bueno, que la marquesa se puso muy celosa del romance de su marido con la joven desconocida y quiso deshacerse de la joven... intentó envenenarla.

—¡Pero qué horror! ¿Intentó asesinar a la pobre damisela?

—Me temo que sí, pero esas cosas ocurrían en esos tiempos mademoiselle. Celos, intrigas, venenos y... Pero al parecer alguien avisó a la misteriosa damita lo que planeaba la marquesa y pudieron salvarla de beberse la copa envenenada. El marqués al enterarse de los celos de su esposa la castigó encerrándola en la torre para que no volviera a causarle problemas y entonces, la bella doncella pudo ganar terreno y convertirse en la querida del señor del castillo. Lo tenía tan enamorado que años después decidió deshacerse de su esposa para poder desposar a la bella desconocida, pero entonces, luego de hacerlo su bella damisela inglesa despareció sin dejar rastro esfumándose como un sueño dejando al marqués fuera de sí, tan loco que murió de un ataque al corazón meses después.

—Oh, pero qué historia tan trágica. ¿Por qué huyó si finalmente iba a casarse con el marqués?

—Es que al parecer la dama inglesa no quería eso, extrañaba su tierra y al parecer el marqués no era su único amante... en el castillo había un primo del marqués que en el pasado había sido pirata y ellos... bueno al parecer se hicieron amantes y él prometió que la llevaría de regreso a Dover, su hogar. Madeleine no quería quedarse encerrada para siempre en ese castillo, creo que no estaba tan enamorada del marqués como todos creían y a pesar de ser muy hermosa, la leyenda dice que era fría y también que era una bruja inglesa que sólo quería regresar a su hogar donde la esperaba su prometido. Ya sabe lo que se dice de los ingleses mademoiselle, que son muy fríos. Ella añoraba su tierra verde llena de niebla o tal vez echaba de menos a su prometido, lo cierto es que abandonó a sus dos amantes, al marqués y al primo de este el pirata cuando tuvo lo que deseaba y al llegar a Dover simplemente se esfumó... El pirata, algo atormentado por haber traicionado a su primo contó toda la verdad tiempo después de la muerte de este, dijo que él también se había enamorado de la bella sirena inglesa y que sucumbió a sus encantos primero y luego a su voluntad y la llevó de regreso a Dover como pedía y que luego de hacerlo ella desapareció y cuando preguntó en la aldea sobre la joven Madeleine le dijeron que no había ninguna señorita Madeleine Briston en esa aldea. Al parecer ese no era su nombre tampoco, los había engañado a todos. El pirata, desesperado la buscó por todo el pueblo, visitó las mansiones más importantes, pero nadie había oído hablar de una señorita llamada Madeleine Briston. Ese apellido no era de Dover le dijeron después.

—Oh qué triste, qué historia tan rara y triste. ¿Cómo pudo ser tan fría? ¿Acaso era realmente una bruja, un espectro?

—No, no lo era... dicen que era una bruja y tenía poderes para desaparecer y seducir a los hombres, pero creo que mintió porque no quería ser encontrada. Debió tomar un caballo y largarse, luego de lograr que el pirata la llevara de regreso a sus tierras... Si no quería ser encontrada no sería tan tonta de dar su verdadero nombre, ¿no lo cree?

—¿Pero entonces fingió todo el tiempo, engañó a todos? No puedo creerlo. El marqués salvó su vida y la amaba.

—Sí, es verdad y lo volvió tan loco de amor que luego mató a su esposa para poder casarse con ella, pero no era lo que Madeleine quería. Tal vez se vio obligada por las circunstancias a complacer al marqués y él la convirtió en su amante y luego en su cautiva. Eso debió ser humillante para una dama de su alcurnia, y comenzó a planear su huida, el engaño fue parte del plan. Y aunque luego se dijo que era una bruja malvada yo creo que era una dama inteligente y muy fría que usó la belleza como una máscara, una máscara para ocultar su maldad y astucia.

Angelyn se sonrojó al oír eso.

—Oh rayos, nunca había oído algo como eso.

—Bueno, es que usted es hermosa pero no usa su belleza como una máscara ¿no es así? Es muy transparente mademoiselle y no sabe disimular. Se muestra como es y sospecho que... está enamorada de mi primo, ¿no es así?

Ante semejante acusación la jovencita se apartó sonrojada primero y luego sintió un sudor frío recorrerle la espalda. ¿Cómo pudo ser capaz de decir semejante cosa?

—No sé por qué me dice eso, ¿cómo puede ser tan atrevido de suponer algo semejante? —replicó nerviosa.

—Perdóneme, no quise ofenderla. Dicen que el amor es como el fuego mademoiselle, no puede esconderse. Pero no hay futuro para usted aquí, él no dejará escapar la oportunidad de convertirla en su amante si usted lo acepta, pero no se casará con usted, no puede hacerlo. Sus deberes lo obligan a escoger a una joven noble del condado, ¿comprende? Nuestra clase fue extinguida casi, cercenada por los malditos revolucionarios, hemos perdido tierras, privilegios y muchas ramas nobles se han extinguido y ahora nuestro deber es volver a recuperar nuestra posición y linaje haciendo buenos matrimonios.

Angelyn pensó que había escuchado demasiado.

—Debo regresar señor Antoine, lo siento, pero esta conversación ha dejado de ser agradable para mí. Soy una joven decente y sus suposiciones me han ofendido.

Al comprender que había metido la pata el caballero se disculpó y le pidió matrimonio.

—Por favor, cásese conmigo mademoiselle de Poitiers. Perdóneme, creo que sentí celos y me precipité, pero... le ruego que me perdone. Jamás quise ofenderla, sólo decirle la verdad.

Angelyn lo miró aturdida.

—¿Acaso se ha vuelto loco? ¿Cree que quiero ser su esposa ahora? —replicó.

Él se puso serio.

—Soy su única posibilidad señorita, por favor, piense con calma en mi proposición. Yo la amo mademoiselle, estoy loco por usted desde que la vi aquí y mi primo dijo que podía cortejarla, él cree que sería buena idea porque no puede quedarse aquí para siempre y lo sabe...

Quiso tomar su mano y hasta le recitó una poesía de una flor que Angelyn no deseó oír. Fue tan incómodo, tan violento, no quería ser grosera con ese caballero, pero realmente la había ofendido al acusarla de estar enamorada del marqués para empezar y advertirle luego que sólo podría aspirar a ser su amante... ella jamás sería la amante de un caballero, jamás soportaría una indignidad semejante. Y furiosa se alejó de los jardines y planeaba regresar a su habitación y encerrarse, se sentía tan humillada y triste. ¿Acaso el marqués sabía que ella lo amaba en silencio? ¿Por qué Antoine le contó esa horrible leyenda del castillo? No pudo evitar estremecerse al comprender las similitudes de la historia con la suya al llegar a Saint Auxerre, excepto que ella no era inglesa ni tampoco era una bruja que quería seducir al señor del castillo...

Un llamado la distrajo de sus pensamientos, alguien decía su nombre a la distancia y no era ese primo latoso del marqués sino él en persona que le hacía señas de que se acercara. Tomó las faldas de su vestido y obedeció tratando de contener las lágrimas y disimular, no le fue sencillo por supuesto. Pero al parecer el marqués debió notar a la distancia que algo malo había pasado entre su primo y ella. Lo notó en sus ojos, apenas se acercó.

—Angelyn ¿qué sucede? ¿Por qué huyes así de Antoine?

Ella no pudo apartar la mirada de esos ojos y tembló, tembló porque su mirada intensa le provocó tal estremecimiento como si hubiera sido alcanzada por un rayo.

—Nada... no ha pasado nada Monsieur. Es tiempo de regresar a mi habitación—fue su evasiva respuesta.

La mirada del marqués se volvió algo colérica.

—¿Acaso mi primo os ha ofendido o fue capaz de decirle algo inapropiado, mademoiselle?

Ella notó que el caballero parecía tan disgustado como sorprendido por la insólita conducta de su pariente.

—No, no me ha ofendido... es que me ha pedido que sea su esposa y creo que no estoy preparada para casarme todavía, Monsieur—replicó la joven, evasiva.

Sus palabras le provocaron alivio, hasta le pareció que suspiraba.

—Bueno, entiendo... no está obligada a aceptar su proposición.

No, no lo estaba por supuesto, pero tampoco quería quedarse en Saint Auxerre y convertirse en la amante del marqués. Él nunca la convertiría en su esposa, se lo había advertido su doncella y ahora ese joven se lo decía con total crudeza. El marqués nunca pediría su mano, en el futuro debía escoger a una dama del condado y lo haría para salvar su linaje y porque necesitaba herederos. Seguramente buscaría a una joven de noble cuna y tentadora dote, hermosa y lozana. Pero ella no sería la elegida.

Pero él no pensaba en eso, sus ojos estaban fijos en ella.

—Mademoiselle, si mi primo tuvo una conducta inadecuada con usted le ruego que me lo diga—dijo de pronto.

—Oh no por supuesto que no.... sólo es que su proposición fue algo inesperada.

No le diría la verdad, la joven había aprendido que en ocasiones era mejor guardar silencio, ya lo decía su tía solterona y tenía razón. Lo que menos quería era una pelea familiar por su causa.

—Bueno, en ese caso le pediré a mi primo que no la importune con sus atenciones nuevamente puesto que ha decidido que no está interesada en él.

Hablaba con tanta frialdad. Por supuesto, él ni siquiera imaginaba la rabia que la carcomía, el deseo espantoso que devoraba sus entrañas y la angustia de no saber qué sería de ella cuando finalmente abandonara el castillo de Saint Auxerre.

—Se lo agradezco, Monsieur—balbuceó intentando controlar sus lágrimas.

El caballero notó que algo le pasaba y se le acercó.

—Mademoiselle, usted está al borde del llanto, algo le pasó no lo niegue. Si fue mi primo que hizo esto...

—No, no fue él... creo que lo mejor será que regrese a mi casa junto a mi madre viuda, señor marqués.

Su mirada cambió, parecía inquieto o asustado, no estaba segura.

—Pero ¿por qué quiere irse ahora, mademoiselle? —preguntó con suavidad—¿Acaso no se siente cómoda aquí?

—No, no es eso, pero... creo que debería regresar a Lille.

Él la miró sin ocultar su asombro y preocupación ante la posibilidad de que se marchara.

—¿Acaso es por causa de mi primo? ¿Hizo algo que la incomodó o alguien de aquí?

Ella lo negó por supuesto.

—Entonces no es feliz aquí, ¿verdad? Por favor, dígame lo que le pasa mademoiselle o no podré ayudarla.

La joven lo miró mortificada, ¿cómo podría decirle la verdad? No podía hacerlo. Y atormentada le dijo que Saint Auxerre no era su verdadero hogar y que debía regresar con su familia. Que su madre la necesitaba. Eso era todo.

Su mirada intensa la hizo temblar y turbada no esperó que le dijera que podía retirarse, ella huyó de los jardines pensando que debía escapar de ese castillo cuanto antes. Antes de que perdiera su inocencia y con ella su única esperanza de tener un marido en el futuro.

UNA SEMANA DESPUÉS el primo Antoine se marchó con sus hermanas y el castillo volvió a quedarse casi vacío, pero en paz. Angelyn se acercó a la ventana tiritando, el invierno era muy crudo y húmedo en esa región, tal vez por la proximidad del mar y estaba deseando de que se fuera. Imaginó que el castillo reverdecería y se llenaría de flores en primavera, soñaba con que llegara la alegre estación del amor...

Una nueva carta de su madre le avisaba que su hermano mayor acababa de ser padre por segunda vez, que su prima Bertha se había casado y otros sucesos menos importantes de Lille. Ella siempre estaba muy al tanto de la vida de sus vecinos.

"Espero que pronto me avises que ya eres la esposa del caballero de Ferbes" le escribía su madre.

Angelyn terminó de leer la carta y se preguntó cuándo tendría el coraje de decirle la verdad y regresar a Lille. Sabía que no sería capaz, sabía que esperaría a que el marqués la ayudara a encontrar un marido adecuado y que buscaría otra excusa para prolongar su estadía.

De pronto escuchó un sonido en la puerta, un golpe suave y fue a atender pensando que sería su doncella, pero grande fue sorpresa cuando se abrió la puerta y vio aparecer a la tía Arlenne, la anciana que vivía pensando que su hija aún estaba viva.

Supo por Melissa que la anciana había estado muy grave durante la epidemia pero que ahora parecía más recuperada y ansiosa de ser útil en el castillo. Tenía la obsesión de que todo debía estar listo para recibir a su hija Emelie. "Cree que se ha casado con un caballero y vendrá a visitarla en cualquier momento y no le agrada que todos estén de luto".

—Madame Arlenne, ¿cómo está? —Angelyn trató de dominar sus nervios.

La anciana sonrió mientras daba unos pasos lentos hacia ella.

—Buenas tardes, ¿cómo está usted mademoiselle? —preguntó.

La joven trató de esbozar una sonrisa.

—Bien, madame Arlenne...

La dama se quedó mirándola con fijeza.

—Eres muy hermosa, muchacha... ¿cómo es tu nombre? Es que no puedo recordarlo.

—Angelyn de Poitiers.

—Y eres la prometida de Etienne, ¿verdad?

Al parecer la dama se había curado de su locura y ahora sabía quién era ella y por qué estaba en el castillo.

—Sí...

—¿Y cuándo se casarán querida? Mi sobrino fue algo evasivo al respecto. No quiso decirme.

La joven no supo qué decir.

—¿Su sobrino? —replicó intrigada.

—Sí, el marqués de Ferbes no quiso darme detalles.

—Es que todavía no lo sé—replicó la joven con sinceridad.

La dama sonrió con benevolencia. Vaya, se veía distinta, hasta en la forma de vestirse como si fuera otra persona, como si algo la hubiera vuelto a la normalidad excepto por un detalle. Sus ojos oscuros tenían un brillo maligno y no dejaban de observar cada uno de sus movimientos.

—Serás una novia muy hermosa, estoy segura de eso. Bueno, no tanto como lo fue mi Emelie. Pero ¿cuándo vendrá Etienne? Creo que está tardando demasiado—se quejó la dama.

Angelyn se puso nerviosa cuando la dama comenzó a hablarle de Etienne. En esos momentos se veía muy lúcida y no dejaba de decir que era muy raro que su sobrino no estuviera en Saint Auxerre en esos momentos.

—Ni siquiera vino al funeral de su cuñada— se quejó.

La joven no supo qué decir a eso y pensó que tal vez fue el marqués quien se había peleado con su hermano por su boda y por eso no se había presentado al entierro.

—Etienne es un joven tan encantador—agregó—De noble corazón, bueno mi otro sobrino también, pero son distintos. Creo que será un marido estupendo para usted señorita y espero que sepa valorar que formará parte de una familia noble ancestral.

Vaya, ahora era toda una dama remilgada y soberbia de su linaje.

La joven tiró del cordel para pedir ayuda, no le agradaba quedarse a solas con esa dama y notó que esta parecía con muchos deseos de quedarse.

Melissa llegó poco después y se asustó al ver a madame Arlenne.

—Madame Arlenne—dijo sin ocultar su asombro.

La dama la miró con expresión de sorpresa al tiempo que aparecía una criada de más edad para preguntar por la tía del marqués. Pues al parecer la señora se había escapado de sus aposentos en un descuido de sus criadas.

Angelyn sintió alivio cuando se la llevaron.

—¿La ha asustado, mademoiselle? Pero no tema, es una dama inofensiva. Desvaría un poco—le respondió su doncella.

—Dijo que Etienne vendría, y lo dijo con mucha seguridad. Creo que nadie le dijo que eso no ocurrirá.

Su doncella dijo que le traería un té y lo hizo poco después al verla tan alterada.

—Nadie le ha contado que mi prometido me abandonó para casarse con otra... debieron hacerlo—se lamentó la joven sentada en la mesa mientras bebía té en compañía de su inefable doncella.

—Es que la dama no está muy bien de la cabeza y se confunde. Pero no tema mademoiselle, es inofensiva. Asusta un poco pero no le haría daño. Estuvo enferma poco después de la marquesa, pero se recuperó. Creo que todavía espera que regrese su hija y eso la mantiene fuerte y...

—¿Y por qué no acepta que su hija murió? ¿Por qué nadie le dice la verdad? Deberían hacerlo.

Melissa suspiró y sonrió levemente.

—Lo sabe, por supuesto que lo sabe. Cuidó a su hija hasta el último aliento, lo hizo y estuvo en su funeral. Todos decían que demostró una gran fortaleza en todo momento y que jamás se derrumbó como lo hicieron sus otros familiares y amigos más cercanos a Emelie.

—¿Entonces sí lo sabe? Y si lo sabe ¿por qué insiste en inventarse historias de que su hija regresará?

—Porque perdió el juicio señorita, un día despertó y comenzó a hablar de su hija como si estuviera viva y a decir que ella regresaría. Cuando intentaron hacerle comprender la verdad madame Arlenne se negó a aceptarlo. Pero era la tía más cercana al marqués y él dijo que no debían encerrarla, que era poco humanitario hacer algo así. Que podía quedarse aquí y ser atendida por sus criadas y un doctor. El doctor Eugene viene a verla todos los meses, le receta unos tónicos y conversa con ella. Oí que en una ocasión vino un erudito en trastornos mentales y dijo que la señora sólo tenía esas fantasías porque no podía enfrentar el dolor de pensar en su hija muerta. Que eso había sido devastador y no había logrado recuperarse y esas fantasías que tenía eran una manera de sobrellevarlo y que no debían forzarla.

Angelyn guardó silencio, sorprendida por lo que acababa de escuchar.

—¿Cómo es que sabes tantas cosas, Melissa?

Su doncella sonrió.

—Cuidé a madame Arlenne hasta su llegada, señorita, luego el marqués me pidió que cuidara de usted y tratara de que se sintiera bien aquí. Imaginó que echaría de menos su hogar y necesitaría alguien para charlar. Habría deseado que sus hermanas estuvieran aquí, pero ambas están casadas y viven en Amiens.

—Melissa, ¿entonces tú sabías que mi prometido se había casado con otra, lo supiste siempre?

—Oh non, mademoiselle, no lo sabía—la doncella parecía horrorizada.

—Pero todos ustedes siempre saben lo que pasa aquí, al parecer es inevitable. Quisiera regresar a Lille, volver a casa. Este castillo me asusta a veces y esa dama, ha estado espiándome. No sé por qué lo hace.

Melissa la miró con fijeza.

—¿Madame Alrenne? Pues no creo que ella la espía, señorita.

—He sentido pasos en mi habitación y luego una puerta se cierra. Si está loca puede intentar matarme mientras duermo.

—Oh no mademoiselle, no piense eso, madame Arlenne es completamente inofensiva. Ella no le haría daño a nadie. No piense eso por favor. Además, está lejos de aquí, sus aposentos están en el ala norte, no sé cómo llegó hasta su habitación.

—Esa anciana me da miedo, tiene algo que me aterra y quisiera pedirle al marqués que me dejara regresar a mi casa. Creo que es tiempo de enfrentar la verdad, debo decirle a mi madre lo que ocurrió aquí, que mi prometido me abandonó.

—El marqués no permitirá que se vaya, mademoiselle—dijo Melissa y luego al comprender que su frase era algo inesperada agregó: –Él es un hombre muy influyente y rico, puede encontrarle un esposo adecuado y lo hará porque la conducta de su hermano le ha afectado mucho. Desea enmendar el mal que le ha causado.

—No quiero casarme ahora Melissa, iba a casarme porque era la voluntad de mi padre y él no habría concertado una boda si no hubiera tenido la certeza de que era lo adecuado para mí. Por eso iba a casarme. Pero mi prometido me abandonó y yo no quiero a ningún otro a cambio, no lo quiero Melissa. Sólo deseo regresar a mi casa en Lille y olvidar toda esta triste aventura.

—Oh no diga eso, debe superarlo mademoiselle. ¿No dicen que el tiempo cura todas las heridas? Es joven y tan bella, no comprendo cómo... Disculpe mi franqueza, pero Etienne jamás... él no sería capaz de hacer esto y no sé cómo... supongo que fue seducido por una joven astuta, embaucado... tuvo que ser algo muy fuerte para que él abandonara su compromiso. Porque sabía de su compromiso.

Angelyn bajó la mirada resignada.

—Pero se ha casado con otra dama, Melissa. No hay nada que pueda hacer. Sólo aceptarlo y tratar de olvidarme de todo esto, pero no es fácil para mí, todavía siento su ausencia y abandono. Desde que llegué aquí y supe que no estaba imaginé que algo malo había pasado, pero no quise aceptarlo, pensé que vendría y no imaginé que pasaría esto. Quisiera regresar a Lille y olvidar, Melissa, pero creo que me siento parte de este castillo, porque creí que sería mi hogar y ahora no puedo olvidar esa sensación. Es muy extraño, deseo partir, pero sé que una parte de mi corazón vivirá aquí.

—Oh no diga eso señorita, no piense en marcharse ahora.

—Pero debo hacerlo, Melissa. Creo que hablaré con el marqués ahora.

Su doncella se incorporó.

—El marqués se ha ido a París esta mañana, señorita.

Esa revelación la sorprendió bastante.

—Pero... ¿por qué? ¿Por qué se ha ido de repente?

Su doncella puso cara de circunstancias.

—Bueno, es que él tiene a sus familiares en París y, además, un viejo amigo le pidió que fuera a visitarlo. Pero no se aflija, tal vez regrese antes...

—Melissa, creo que debo aprovechar su ausencia para marcharme de aquí.

—Oh non, mademoiselle, no haga eso —la doncella parecía espantada.

—¿Y qué puedo hacer sola aquí? Sabes que ya no podré casarme con Etienne ni con ningún caballero.

La joven meditó ese asunto.

—Bueno, es verdad, creo que no debió despreciar a Monsieur Antoine mademoiselle, él estaba muy enamorado de usted.

—No me agradaba Antoine.

—Mademoiselle, las señoritas de su clase no se casan por amor, se casan con quién deben casarse. Me temo que no siempre pueden elegir. Además, usted iba a casarse con el caballero Etienne sin conocerle.

—Sí, es verdad, pero esto es distinto. El marqués dijo que podía escoger.

Su doncella bajó la mirada y cuando Angelyn insistió en irse Melissa le pidió que no se fuera.

—Temo que mi señor se preocupará, él se siente muy responsable de lo que hizo su hermano, ¿comprende? Por favor, quédese, señorita, no intente cruzar sola el bosque de Boulegne, es muy peligroso. Al menos aguarde hasta el regreso del señor.

La jovencita aceptó quedarse una vez más no muy convencida. Esa conversación y la visita de madame Arlenne la habían dejado muy afectada.

SIGUIERON DÍAS MONÓTONOS, grises y ventosos. El comienzo de la primavera no podía ser más desafortunado.

Era extraño, llevaba más de cuatro meses viviendo allí y se sentía como en casa. Como si el castillo fuera su hogar. Pero no lo era y debía insistir para que la dejaran regresar a Lille. Lo habría hecho, pero luego pensó que sería una descortesía no poder despedirse del marqués. Quería hacerlo.

O tal vez quería volver a verle luego de partir.

Acaba de leer el último libro que le había recomendado y se sentía triste y vacía sin él. Lo echaba tanto de menos... no había día que no pensara en el marqués, en recordar esos momentos... Cielos, había llegado para casarse con su hermano, pero las cosas no habían salido como esperaba, jamás imaginó que nada más llegar él la miraría de esa forma y sería tan gentil, tan atento con ella...

Angelyn se sonrojó al pensar en sus miradas, al recordar sus conversaciones. ¿Por qué negarlo? Había ocurrido sin que se diera cuenta y ahora lo sabía con certeza, pero también sabía que no había esperanzas... y que era mejor que olvidara ese asunto y se marchara cuanto antes del castillo.

Y a pesar de saber lo que le pasaba y de sufrir en silencio sólo quería verle una última vez antes de marcharse. Sus días eran tan tristes y vacíos sin él. Ya ni siquiera tenía ánimo para leer o para bordar, daba vueltas en su habitación o salía a dar paseos en las mañanas aguardando su regreso con ansiedad. Día tras día esperaba que su doncella le avisara que el marqués había llegado de su viaje.

Hasta que una tarde en la que se encontraba bordando, pensando en él escuchó unos pasos muy suaves en su habitación y luego ese perfume de madera y sándalo que tanto conocía. ¡El fantasma! De nuevo estaba allí, podía sentir su presencia y de los nervios se le cayó el bordado al piso. No podía ser... pero probaría que sí había un fantasma. Esta vez no escaparía.

Sólo que debía ser sigilosa si quería atraparlo in fraganti. Mejor sería andarse con cuidado...

Se acercó con sigilo, sin hacer ruido, dio pequeños pasos hasta llegar a la sala de vestir. Era demasiada casualidad que volviera a ocurrir, ¿acaso alguien escuchó su conversación con la doncella? No, no era un invento, allí había un fantasma y lo descubriría.

¡Esta vez descubriría su identidad!

Se dijo eso mientras avanzaba temblando, porque sabía que se enfrentaría al fantasma, que al fin descubriría quien era y guiada por ese impulso tomó coraje y entró con el candelabro en la mano para iluminar la penumbra de la habitación.

Cuando lo vio allí parado se detuvo en seco. Quiso gritar, pero ni un grito salió de sus labios porque la alegría de verle la inundó de felicidad.

—Monsieur de Ferbes, usted... ha regresado—murmuró.

Él sonrió sin dejar de mirarla.

—Así es, vine hace un momento y quise verla mademoiselle.

No era sencillo acusarle de ser el fantasma, su mente era un torbellino en esos momentos y emociones intensas la aturdían casi por completo.

Él se quedó dónde estaba sin dejar de mirarla.

—¿Me ha echado de menos, señorita? Parece algo asustada. Disculpé, no quise aparecer así pero siempre me ha agrado verla bordad—le confesó.

Angelyn se detuvo en seco.

—¿Entonces era usted Monsieur? ¿Usted era el fantasma?

Debía hacer esa pregunta, debía hacerlo o jamás descubriría la verdad. Era algo arriesgado, nunca supo de dónde sacó coraje para decirle eso al caballero de Ferbes, pero debió ser la desesperación por develar ese misterio seguramente.

El marqués la miró con una media sonrisa, nada inquieto por sus acusaciones de ser el fantasma que había estado merodeando en su habitación.

—No comprendo lo que dice mademoiselle, ¿podría explicarse un poco más? —le respondió con mucha calma, fingiendo cierta sorpresa, pero no parecía muy sorprendido, a decir verdad, como si espiarla en su habitación fuera lo más normal del mundo.

Ella se sonrojó incómoda. No le diría que era él por supuesto, pero ahora sabía que ese era su perfume y también sus pasos, su presencia, era el marqués de Ferbes el misterioso fantasma. Y no necesitaba decírselo, acababa de atraparle, de pillarle in fraganti.

Pero él seguía fingiendo que no sabía nada del asunto por supuesto, esperaba una respuesta así que le habló del fantasma.

—¿Un fantasma? Bueno, en realidad he oído que hay varios fantasmas aquí, hay uno que siempre aparece en primavera. La llaman la dama de las rosas creo y la han visto en los jardines. Dicen que fue la esposa encerrada por un ancestro mío porque estaba loca y ...

Angelyn escuchó la historia impaciente, al diablo con los fantasmas verdaderos del castillo, a ella sólo le interesaba su fantasma y lo tenía frente a sus narices. ¿Acaso el marqués seguiría negándole que era él, el fantasma que había estado acechándola casi desde su llegada al castillo?

—Pero no hay fantasmas en este piso mademoiselle, puede estar tranquila que no se trataba de un fantasma. Es que quería verla y entré por la habitación auxiliar—dijo—Lamento haberla asustado. Por favor, acompáñeme a mis aposentos, le he traído un presente de París.

¿Un presente?

Angelyn lo siguió a cierta distancia luego de dejar el candelabro en la habitación de aseo. Su corazón palpitaba feliz de volver a verle, había regresado, estaba allí... lo siguió caminando a su lado sintiendo que flotaba en una nube, sintiendo que a pesar del susto que le había dado todo parecía un sueño.

Era la primera vez que entraba en sus habitaciones y pensó que no era correcto y sin embargo él la había invitado porque tenía un obsequio para ella, eso dijo.

Cuando llegaron a las habitaciones del marqués vio los muebles rojos y dorados tembló, todo el mobiliario era tan hermoso y lujoso, era como una pequeña casa dentro del castillo, con salas de recepción, un comedor y más allá estaban sus aposentos. Por nada del mundo habría entrado en un lugar tan privado. Se quedó en la sala aguardando que el marqués regresara, expectante.

Él no tardó mucho, apareció poco después con unas cajas plateadas con cintas y...

–Aquí están, son para usted, mademoiselle. Se ajustan en el corsé. Por favor, ábralos y dígame si son de su agrado. La modista puede hacer arreglos luego.

Cuando Angelyn abrió las cajas no lo pudo creer, eran vestidos nuevos, hermosos, con bordados y uno de ellos era de terciopelo azul con corsé bordado con piedras preciosas. Oh, nunca había tenido vestidos tan hermosos en su vida, pero... De pronto comprendió que era demasiado costoso para ella.

—Monsieur son muy hermosos, sí, y le agradezco que tuviera este gesto, pero temo que no puedo aceptar un presente tan costoso—dijo mirándole a los ojos.

—Por favor, no diga eso mademoiselle, es sólo un obsequio. No lo rechace. Quisiera dar una fiesta en unos meses, ahora es muy pronto. Una pequeña reunión y creo que necesitará un vestido nuevo para estrenar. Los otros son vestidos de media tarde, no son lujosos. Sólo uno lo es.

Ella lo miró sin ocultar la tristeza que esas palabras le provocaban. ¿Para qué quería un vestido si entonces ya no estaría en el castillo?

—Por favor, acepte estos presentes mademoiselle y acepte mi invitación a cenar aquí en mis aposentos esta noche.

Angelyn se sonrojó al sentir su mirada. ¿Cenar en sus aposentos? Sólo la marquesa tenía ese honor.

—Es que no quiero cenar solo y hoy no habrá invitados—le explicó él—espero que no le incomode.

—OH no, no me incomoda, gracias por la invitación, Monsieur de Ferbes.

—Muy bien, la escoltaré hasta su habitación.

Ella aceptó que la acompañara y emprendieron el camino de regreso sin decir más. ¿Por qué lo había hecho? ¿Por qué había estado espiándola todo ese tiempo y ahora le obsequiaba hermosos vestidos para que pudiera asistir a las fiestas dónde él le buscaría un esposo entre sus parientes y amistades? Cuando se despidió de ella se mostró tan atento, pero tan frío.

La joven regresó a su habitación cabizbaja y llamó a la doncella para que la ayudara con el aseo pues quería estar muy bonita para esa noche pues cenaría con el marqués.

Melissa llegó poco después.

—¿Necesitaba algo mademoiselle? —preguntó.

Ella le sonrió radiante.

—El marqués ha regresado Melissa y me ha invitado a cenar en sus aposentos... mira, me obsequió estos vestidos y quisiera asearme y probármelos.

Los ojos de Melissa expresaron su perplejidad y luego asombro como si pensara que su señor se hubiera vuelto loco.

—No lo sabía—murmuró—aguarde, la ayudaré a arreglar los vestidos en su guardarropa mademoiselle.

Trató de disimular la turbación que sentía, pero Angelyn notó que había algo raro en su doncella y no tardó en preguntarle.

—¿Qué ocurre, Melissa? ¿Por qué estás tan seria? ¿Acaso pasó algo malo?

Su doncella la miró espantada.

—Oh non mademoiselle, nada ha pasado. Sólo estoy sorprendida. No sabía que el marqués había regresado.

Angelyn habría deseado confesarle la verdad, hablar de esa conversación con el marqués con su doncella, pero no lo hizo, no tuvo valor. Estaba bastante triste por ese asunto y si iba a esa cena era porque habría sido descortés hacer lo contrario: sólo por eso.

—Son hermosos los vestidos, señorita—dijo luego su doncella mientras la ayudaba a sumergirse en una bañera de agua caliente y esencias.

La jovencita sonrió con cierta tristeza.

—En realidad no quería aceptar un regalo tan costoso, pero es que necesitaba vestidos nuevos, los míos son tan anticuados y no son apropiados para las cenas del castillo me temo.

El azul era tan hermoso y le quedaba que ni pintado, ¿pero debía estrenarlo esa noche? ¿No sería mejor reservarlo para una fiesta?

Angelyn pensó que no iría a una fiesta porque pronto se marcharía del castillo, así que mejor sería usarlo esa noche pues tal vez no tuviera una oportunidad mejor para hacerlo.

Cuando se vio en el espejo con el cabello recogido en cintas suspiró. Sus mejillas estaban rosadas y sus ojos tenían un brillo especial, al parecer el regreso del marqués la había puesto más bonita.

—Oh señorita, se ve tan hermosa... ese vestido le sienta de maravillas y...

Melissa quiso decir algo más, notó que se ponía seria, pero luego cambió de parecer.

—¿Qué tienes, Melissa? Pareces algo preocupada. ¿Acaso ocurrió algo y no deseas decirme?

Ella lo negó con un gesto.

—No ha ocurrido nada señorita... Es que... Oh, no es nada, no me haga caso, por favor.

Angelyn no le dio importancia y se miró en el espejo y suspiró. El vestido azul era tan hermoso y resaltaba su piel muy blanca y su cabello rubio, le daba un brillo especial. Se pavoneó como una chiquilla mientras su doncella la peinaba paciente y recogía su cabello en un moño, dejando unos bucles en las sienes como estaba tan de moda entre las damas de alta sociedad.

El resultado fue maravilloso.

—Oh gracias, Melissa, eres estupenda. Has sido tan buena conmigo–dijo.

La doncella se ruborizó.

—No diga eso, mademoiselle... por qué...

—Creo que voy a echarte de menos cuando me vaya, Melissa, voy a extrañar el castillo y...

Sus palabras sorprendieron a la doncella.

—¿Entonces aún piensa en marcharse? No lo haga señorita, por favor. Quédese. El castillo es su hogar—le respondió.

—Es que no lo sé, no sé si me quedaré.

—Bueno, no piense en cosas tristes ahora mademoiselle, el marqués la espera para cenar–le recordó Melissa.

—Sí, por eso decidí estrenar este vestido tan hermoso pues temo que luego no tendré otra oportunidad—declaró la jovencita con cierto pesar.

—Ya es hora mademoiselle, venga, la acompañaré hasta los aposentos del marqués.

Angelyn siguió a su fiel doncella y se encaminó muy animada rumbo a los aposentos del marqués, sintiendo que flotaba en una nube. Se preguntó qué diría el marqués cuando la viera tan ricamente ataviada, nunca había tenido un vestido tan hermoso. Nunca se había visto tan bella en el espejo como esa noche.

—Por aquí, mademoiselle—le avisó otra criada encargada de escoltarla hasta el ala sur.

La joven la siguió y cuando entró en los aposentos suspiró. Era un recinto lleno de lujosos muebles en rojo y dorado y parecía como una casa en miniatura, tenía todo a su alcance: una pequeña sala de vestir, sala de música, un vestíbulo de recepción y un pequeño comedor donde aguardaba su anfitrión. No sabía dónde estarían sus aposentos, pero dedujo que debieron cerrarse a la vista de los intrusos.

Cuando se incorporó para saludarla notó su mirada y supo que había escogido el vestido correcto.

—Buenas noches mademoiselle Angelyn, se ve usted bellísima. Por favor, permítame...

El caballero le acercó una silla alta con tapizado rojo y Angelyn le dio las gracias y sus miradas se encontraron y ella bajó la suya, ruborizada.

Entonces él le habló de su viaje a París para animarla mientras esperaban la llegada de más invitados.

—Tengo algunos negocios en París, mademoiselle por eso debí partir de forma tan inesperada—le confesó.

Sin embargo, dijo que no asistió más que a dos veladas musicales y a una función de teatro.

—Tuve demasiados compromisos y sólo me quedaría una semana, quise aprovechar el tiempo conversando con mis socios. La vida social de París es muy intensa.

Angelyn pesó que París era una ciudad increíble, tan llena de diversiones, las veladas musicales, las tertulias, las fiestas eran esplendorosas.

Mientras conversaban se presentaron los sirvientes con la cena comprendió que cenarían solos.

—¿Sorprendida, mademoiselle? —preguntó el marqués.

Ella se ruborizó al sentir su mirada intensa, esa mirada la había sentido desde su llegada a Saint Auxerre.

—Sí... esperaba que llegaran más invitados, Monsieur.

El caballero se puso serio.

—No habrá invitados esta noche, mademoiselle, sólo usted y yo, y me siento complacido de que así sea. En esos momentos no deseo recibir, lo sabe, prefiero una charla sincera y privada en mis aposentos—le respondió.

Angelyn sonrió y se emocionó al pensar que era la primera vez que cenaban y conversaban a solas pues en el pasado y en vida de su esposa rara vez la invitaban a participar de los eventos del castillo y luego, cuando fueron asolados por la temible gripe debió quedarse encerrada en sus habitaciones durante semanas.

Comieron en silencio y la joven probó ese vino del castillo por primera vez por insistencia de su anfitrión.

—Es delicioso ¿no lo cree, mademoiselle?

—Si... se parece al que mi padre tenía en su bodega Monsieur marqués.

Él enarcó una ceja, sorprendido.

—¿De veras? Vaya pensé que nuestro vino era único en este país. He comenzado a venderlo, algo que mi padre no habría aprobado por supuesto, pero corren tiempos difíciles y nuestra clase ha tenido que sobrevivir probando el negocio del vino entre otros. Por eso viajé hace una semana a París. Tengo negocios allí que están prosperando.

Ella lo miró con atención.

—¿Entonces no fue a buscar esposa, Monsieur?

Era una pregunta impertinente, pero esa noche se sentía desafiante ante la perspectiva de que tuviera que marcharse en unos días o tal vez el vino comenzaba a hacer efecto. Quería saber simplemente cuándo iba a casarse de nuevo.

El marqués pareció sorprendido por la pregunta.

—¿Cree que puedo encontrar una esposa en París como si fuera al mercado, señorita? ¿En una tienda de almacenes?

—Oh no quise ofenderle Monsieur, por favor discúlpeme.

—Bueno, al parecer le preocupa mucho ese asunto... ¿quiere saber cuándo volveré a casarme? Pues en realidad creo que seré más cauto ahora que no debo casarme para complacer a nadie.

Angelyn lo miró sorprendida.

—Quisiera una esposa dulce y compañera, que se entregue a mí sin reservas. No una niña mimada o una fría hija de caballero. ¿Y usted señorita, por qué no aceptó las atenciones de mi primo? ¿Tanto le desagradaba? Supe que le había pedido matrimonio.

—Es verdad, pero no sentí inclinación a aceptarle... Luego de ser plantada por su hermano creo que... no deseo casarme todavía Monsieur, es muy reciente. No me agrada que tengan lástima de mí o se vean obligados por usted a cortejarme.

El marqués sonrió al oír eso.

—No fue así mademoiselle, mi primo Antoine realmente quedó deslumbrado por su belleza y dulzura y se fue algo apenado del castillo. Por supuesto que no estaba en él persuadirla de que se viera obligada a aceptarlo, pero... No lo hacía por obligación se lo aseguro, él realmente necesitaba una esposa y pensó que usted era la adecuada.

Angelyn se sonrojó al sentir su mirada y nerviosa casi bebió una copa entera de vino tinto, estaba muy nerviosa por el giro de esa conversación.

—El pobre quedó prendado de su belleza nada más llegar al castillo y él no necesita sentir pena ni ser obligado por nadie, realmente quería convertirla en su esposa. Jamás obligaría a nadie a casarse en mi castillo.

—Pero usted dijo que me buscaría un esposo–le recordó la joven.

—Por supuesto, es mi deber luego del lamentable proceder de mi hermano, intentar encontrarle un marido, mademoiselle.

—No fue su culpa, señor marqués, no debe sentirse culpable de ello. Creo que todo fue planeado desde hace muchos años y su hermano no quiso verse obligado a una boda. Además, he oído que las bodas concertadas han pasado de moda y que en París los jóvenes se casan por razones románticas.

Sus palabras lo horrorizaron.

—Oh non mademoiselle, esto no fue planeado. Mi hermano fue seducido por una mujercita hábil y pretenciosa... suele ocurrir. Algunos hombres sucumben a los artificios de una dama astuta. Pero él jamás se habría negado a cumplir su palabra, se lo aseguro, pero lo hizo y no lo puedo cambiar, sólo intentar remediarlo. Y en cuanto a lo otro pues... sí, he oído que algunas damiselas son engatusadas por promesas de amor, no siempre el asunto termina en boda me temo. ¿Una boda romántica? Ni siquiera la espero, pero me agradaría, tal vez sí... no lo niego.

Angelyn lo miró, atormentada y triste por lo que esas palabras significaban, ella sí soñaba con una boda por amor, soñaba con amar y ser amada por su marido, por tener un entendimiento especial, un sentimiento profundo.

—¿Y usted, mademoiselle? ¿Sueña con una boda romántica? —le preguntó él como si leyera sus pensamientos.

—Lo soñaba sí... pero la vida no está hecha de sueños, Monsieur.

Él permaneció pensativo un momento.

—¿Y cuando regrese junto a su madre, ¿qué hará entonces?

—Buscarme una colocación Monsieur, mi padre nos dejó muy poco dinero y necesitaré ayudarla.

—¿Entonces espera trabajar en el futuro?

—Sí... mi tía me dijo hace tiempo que podría ser dama de compañía de una anciana, que es mejor que ser institutriz o gobernanta.

—¿Y eso es mejor que ser la esposa de un caballero, señorita? ¿Tanto aborrece el matrimonio? ¿Acaso todavía siente amargura por lo que mi hermano le hizo?

—Eso no es verdad, señor marqués. Puedo comprender que su hermano se enamorara y quisiera casarse con la joven que amaba, eso es muy humano y romántico. Al comienzo no niego que me sentí triste y desilusionada pero ahora comprendo que no fue mi culpa, él ni siquiera me conocía y...

—Pues mi hermano es un tonto, señorita, tuvo la oportunidad de desposar a una joven hermosa y buena como usted y la despreció, además desobedeció la voluntad de mi padre. Es evidente que eso la afectó a usted y ahora piensa tal vez que los hombres somos egoístas y crueles o que el matrimonio no es para usted.

—Yo no pienso eso, Monsieur. ¿Pero de qué sirve acariciar imposibles, soñar con bodas por amor cuando no hay esperanzas para mí? ¿Cree que podría aceptar a un desconocido sólo porque ese caballero me dará un hogar y una vida acomodada?

—¿Entonces sí hay una razón para su rebeldía, mademoiselle? La hay.

—No es rebeldía, no lo hago por rebeldía.

—Pero pudo estar ahora comprometida con mi primo y todos sus problemas se habrían solucionado y sin embargo dijo que no.

Ella lo miró con los ojos empañados, acababa de beberse la copa entera y se sentía triste y desesperada.

—Usted lo sabe... siempre lo ha sabido. Pretende entregarme a un hombre porque cree que saldará una deuda de honor. Pero no es necesario que lo haga, no quiero que lo haga—protestó.

El caballero se puso muy serio al ver que lloraba.

—Lo siento, creo que debo regresar a mi habitación señor marqués, debo hacerlo—dijo ella y se incorporó, no quería que viera lo triste que estaba.

—Aguarde por favor, no se vaya mademoiselle Angelyn, se lo ruego.

La joven se detuvo y lo miró, sus ojos parecían a decirle a gritos algo que largo tiempo había callado, ¿pero sería verdad o lo estaba imaginando? ¿Acaso sentía algo por ella por eso desde su llegada no había dejado de mirarla? Y luego había sido tan atento... pero tal vez eso no significaba nada más que simple cortesía de caballero.

—¿Por qué quiere que me quede, señor marqués? —le preguntó con las mejillas encendidas.

—Porque quiero que me diga la verdad. Quiero saber qué es lo que tanto la atormenta, señorita Angelyn. Sólo eso. No le haré más preguntas y respetaré su deseo de marcharse.

La joven no dijo una palabra, ¿cómo podía responder al caballero? No se sentía capaz.

—Dijo que yo lo sabía, pero si no me lo dice claramente nunca lo sabré con certeza, sólo tengo sospechas de lo que tanto la atormenta.

—Entonces es mejor que sólo sean sospechas, Monsieur de Ferbes. Ahora le ruego que me disculpe, pero debo irme—replicó y abandonó la sala comedora con rapidez.

Nada la detendría, había hablado demasiado y de pronto comprendía que se había ilusionado como una tonta, él no tenía interés en ella. Además, los unía cierto parentesco frustrado y el deseo suyo de enmendar el mal que le había hecho su hermano. Había dicho claramente que no creía en una boda por amor, ni le interesaba tampoco. No era una joven de su clase social, era hija de un conde empobrecido y siempre la vería como la joven huérfana que su hermano había rechazado y eso era algo que deseaba olvidar.

—Mademoiselle de Poitiers, regrese aquí, por favor—al oír su voz se detuvo y lo miró, pues él le había cerrado el paso al llegar a la puerta y le sorprendió verlo enojado, casi furioso mientras le pedía que se quedara.

Ella se detuvo en seco y secó sus lágrimas, incapaz de hablar o decir palabra. El marqués quería saber qué rayos le pasaba y desesperado la tomó entre sus brazos para que no pudiera escapar.

—Por favor mademoiselle, dígame la verdad. Ponga fin al tormento que corroe mi alma desde que la vi por primera vez, sólo dilo ángel. ¿Acaso siente algo por mí?

Angelyn estaba temblando, su corazón latía enloquecido, por primera vez estaba en sus brazos y lo tenía tan cerca... pero sólo pudo asentir en silencio, sin dejar de mirarle y él la apretó un poco más contra su pecho mirándole de esa forma tan abrumadora. Pero sabía que si el marqués decía algo o la rechazaba su corazón se rompería en mil pedazos.

—¿Usted me ama, mademoiselle? ¿Por eso no puede ser la esposa de otro hombre? —dijo él. Todavía dudaba, no podía creerlo.

—Sí, lo amo, pero no quiero su lástima... no me mire así.

Él sonrió.

—¿Cree que siento lástima por usted, ángel? Sólo he querido hacer lo correcto mademoiselle, ayudarla luego de que mi hermano hizo lo que hizo, pero no insistiré en eso. Si realmente me ama no se vaya de Saint Auxerre, por favor. Yo necesito una esposa hermosa y dulce como usted.

¿Necesitaba una esposa? ¿Quería que fuera su esposa?

—Pero usted dijo que no quería casarse, lo dijo hace un rato. No comprendo por qué me dice eso.

Él la empujó suavemente más allá del comedor, la hizo retroceder palmo a palmo sin que pudiera evitarlo. Su mirada la hechizaba y también el anhelo de ser amada por él.

—Es que me pasa lo mismo que a usted señorita Angelyn, no quiero buscarme una esposa, la quiero a usted como mi mujer, mi amante, mi esposa... y lo desee desde el primer instante en que llegó al castillo para casarse con mi hermano. Desee que fuera usted mi esposa y no Delphine... Mi esposa jamás fue buena conmigo, era una niña consentida y malhumorada y yo quería una joven tierna que fuera mi compañera y cómplice, con quien compartir momentos de amor y soledad. Una esposa dulce como sólo usted podría serlo.

Angelyn lloró de felicidad al oír eso y casi sin darse cuenta comprendió que estaban en su habitación y no era correcto estar allí.

—Si me amaba ¿por qué jamás me lo hizo saber, por qué evitaba mi compañía y también, señor marqués? —le preguntó con un hilo de voz.

—Estaba casado entonces ángel, no podía dejar que todos lo notaran, mi esposa sufría de celos enfermizos y en un momento temí que ella te hiciera daño. Tuvo celos de ti desde el principio y no la culpo de ello, porque todos notaron que erais dulce y hermosa y yo no podía dejar de miraros... y cuando pasaban días sin que pudiera veros os espiaba como un fantasma. Yo era el fantasma que te acechaba me gustaba veros dormida, veros bordar esas flores en vuestra habitación... tan dulce y femenina, adoraba cada gesto, cada suspiro que salían de vuestros labios y supe que un día seríais mía Angelyn, lo supe entonces y lo sé ahora... –dijo mirándola con tanto amor y desesperación. Y para sellar su promesa le dio un beso ardiente y apasionando, tomó su boca y besó sus labios con pasión arrastrándola a la cama, lo hizo y fue tan rápido que cuando quiso darse cuenta ya estaba allí.

Pero no podía estar en su recámara, no podía entregarse a él, no era su marido ni siquiera su prometido.

—No puedo estar aquí, por favor... debo regresar a mi habitación Monsieur—dijo Angelyn desesperada.

Pero él no la dejó ir y su respuesta fue un beso ardiente y apasionado que despertó su deseo de forma feroz, ese deseo largo tiempo dormido.

—No temas mi ángel, luego nos casaremos, te lo prometo... te haré mi esposa si me aceptas—le dijo mientras la besaba y le quitaba el vestido lentamente.

Angelyn lo miró atontada, se moría por ser suya, lo deseaba tanto ¿pero y si luego no se casaba con ella?

El hermoso vestido azul cayó al piso y ella se quedó con ese vestido ligero y transparente pegado al cuerpo, marcando cada línea de su cuerpo delgado, pero con suaves redondeces.

El marqués detuvo sólo para mirarla y deleitarse con su belleza.

—Oh, sois tan hermosa Angelyn, tan suave y hermosa—le dijo y se quitó el chaleco de terciopelo y su camisa y ella lo miró algo asustada por lo que iba a pasar.

—Monsieur, no podemos, no es correcto... por favor—dijo ella luchando por el deseo ardiente que consumía todo su ser. Deseaba tanto ser suya, su amante y descubrir las delicias del amor.

El marqués la retuvo de nuevo entre sus brazos.

—Si realmente me amáis pequeña debéis darme una prueba... jamás os obligaría a que fuerais mi esposa, jamás podría hacerlo, aunque muriera de ganas... Pero esta será nuestra noche de bodas. Luego cumpliré mi promesa y te haré mi esposa y nos casaremos, sabes que no sueño con otra cosa, preciosa. Os doy mi palabra...

Angelyn tembló cuando la tendió en la cama y le quitó el vestido dejándola medio desnuda lista para ser su mujer. Su noche de bodas antes de la boda... jamás pensó que ocurriría, pero él le había prometido que luego se casarían...

Tembló al sentir su boca hambrienta prenderse de sus pechos mientras sus manos acariciaban su cuerpo muy lentamente y con mucha suavidad. Quería ser suya, un deseo salvaje la envolvió como un demonio y sentirle en su interior se convirtió en un desesperado anhelo.

—Sois tan hermosa Angelyn, tan bella y dulce...—dijo él y le dio un beso apasionado cayendo sobre ella en gesto posesivo. Iba a tomarla, iba a hacerla suya, podía sentir su fuerza y su virilidad inmensa tocando su monte con suavidad, sin dejar de llenarla con sus besos, de abrazarla con tanta fuerza que habría sido imposible escapar. Por momentos quiso huir, no podía entenderlo, estaba tan excitada como confundida, todo era nuevo para ella...

—Preciosa, no temas... todo estará bien, lo prometo, ven aquí...—le dijo él al oído.

Angelyn lo abrazó con fuerza, tendió sus brazos y gimió al sentir que entraba en su cuerpo. No pensó que sería tan doloroso y que sentiría mareada y colmada con esa inmensidad en su vientre... su sexo virgen opuso resistencia y no fue sencillo para su amante introducir su miembro por completo, pero lo hizo, lo hizo con mucha suavidad y delicadeza mientras intentaba consolarla porque le dolía...

—Es tu virtud preciosa, es por eso por lo que te duele ahora pero ya pasará y lo disfrutarás... no tengas miedo, el dolor pasará... sólo no te resistas ni te muevas o te dolerá más, deja que yo lo haga.

Y tras decir eso cayó sobre ella para penetrarla en profundidad, notó que su miembro inmenso entraba por completo en su vientre y se acoplaba a ella desvirgándola por completo, provocándole un dolor más intenso mientras se movía en su interior. Ella obedeció y se quedó quieta mientras él la consolaba con palabras dulces al oído y volvía a besarla, a llenarla con su lengua y su miembro hambriento, hambriento de ella... era maravilloso y extraño.

El dolor se esfumó y comenzó a sentir que era su mujer y le pertenecía, era suya... como si fuera su esposa y esa su noche de bodas.

Y de pronto su roce se hizo más fuerte y se detuvo, se detuvo para llenarla con su simiente y eso le dio tanto placer que la apretó contra la cama para vaciar en su vientre hasta la última gota mientras la besaba y gemía a la vez.

—Fue maravilloso preciosa, ven aquí... no llores ahora por favor.

Ella secó sus lágrimas, confundida.

—Es que no debió ser así... debió convertirme en su esposa primero Monsieur—dijo Angelyn confundida y asustada por lo que había hecho, por lo que acababa de pasar en esa cama.

Pero lo había disfrutado como una gata en celo y eso la atormentaba, ¿qué pensaría de ella ahora? ¿Se casaría con una mujer que se había entregado a él de esa forma, sin oponer la debida resistencia?

—Lo siento ángel, sé que debí esperar que no tuviera derecho a pedirte una prueba de amor—le respondió él arrepentido—Perdóname por hacerte esto por favor, sé que no debió pasar, pero no pude evitarlo... tú despiertas en mí un deseo abrumador. Y hace tanto que esperaba una palabra, un gesto de que mi corazón tenía esperanzas...

Angelyn pensó que era el fin y se incorporó, quiso vestirse, pero entonces vio la sábana blanca manchada de sangre y se sonrojó. Era la prueba de su virtud y los criados la verían a la mañana siguiente y sabrían lo que había pasado.

Se sintió mal entonces al pensar que no podría casarse y que tal vez pudiera quedar embarazada del marqués. ¿Y si luego él no cumplía su promesa? Tuvo ganas de correr, pero el marqués al verla atormentada la abrazó y no dejó que se vistiera ni que se marchara, la retuvo entre sus brazos y con sus besos.

—No temas ángel, me has dado la prueba de amor que tanto deseaba y cumpliré mi promesa, lo haré—le dijo el marqués y la llevó de regreso al lecho para abrazarla y consolarla.

No imaginó que luego querría hacerle el amor otra vez, que con besos y caricias la convencería de ser suya de nuevo y que ella cedería a sus súplicas y lo disfrutaría mucho más que su primera vez. Que lo abrazaría y se quedarían abrazados, gozando cada instante de esa cópula ahora que sabía cómo era y ya no sentía dolor alguno, sólo un deseo ardiente y desesperado.

No, jamás habría imaginado que lo que debía ser última cena juntos se convertiría en una noche de amor y lujuria, de haberlo sabido...Pero no era su esposa, él acababa en convertirla en su mujer, en su amante y eso no estaba bien, no era correcto...

Y cuando todo terminó él la tenía entre sus brazos y la miraba con tanta intensidad, con tanto amor.

—No, no os vayáis por favor...—le pidió al ver que quería irse.

—Pero debo regresar... o notarán mi ausencia—le respondió ella.

—Esa ya no será vuestra habitación ángel, ahora sois mi prometida y pronto nos casaremos... pero debemos hacerlo en secreto.

—¿En secreto? —repitió ella sorprendida.

—Sí... hablaré con el padre Anselmo, le pediré que nos case aquí en privado. Soy viudo, preciosa, no hace un año que falleció Delphine y no puedo casarme todavía y hacer una fiesta, ¿comprendes?

—Pero los criados me verán aquí y pensarán que...

—No importa lo que digan, preciosa, deja de preocuparte por eso. Acabas de entregarme el tesoro más preciado de una mujer: tu virtud y también tu corazón esta noche y no quiero que me dejes ahora, eres mi mujer, lo eres y pronto serás mi esposa. Lo serás, lo prometo.

Un beso arrebatado selló su promesa, un beso y un abrazo muy apretado. Y para recordarle que era suya la tendió en la cama y le introdujo su miembro grueso, y ella gimió estremecida avergonzada de quisiera hacerlo otra vez, de que pudiera disfrutar en sus brazos como nunca había imaginado. Extendió sus brazos y suspiró deseando que esa noche tan especial jamás llegara a su fin. La amaba, se lo había dicho entre susurros, la había amado en el instante en que llegó al castillo y desde entonces había deseado que fuera su esposa.

AL DESPERTAR SE SINTIÓ mareada y exhausta, y con un fuerte dolor de cabeza. No sabía dónde estaba hasta que recordó los singulares eventos de la noche anterior. Su prueba de amor... estaba en su cuerpo, en su cama, en todas partes. Necesitaba darse un baño, pero no podía ni moverse, la cabeza le daba vueltas...

Miró a su alrededor desconsolada al ver que su amante la había dejado sola. Necesitaba beber agua y alguna tisana para esa jaqueca. Pero luego se vio desnuda en la cama y tembló, no quería que nadie la viera así, debía vestirse.

Lloró mientras se ponía el vestido, no pudo evitarlo. ¿Qué locura acababa de hacer? ¿Cómo pudo perder la cabeza de esa forma? ¿Cómo se dejó llevar así? ¿Y si luego no se casaba con ella y la convertía en su amante escondida del castillo?

Angelyn se asustó y pensó en escapar, pero de pronto se dijo que no tenía a dónde ir, ahora menos que antes, su madre jamás la aceptaría de nuevo si sabía que acababa de dormir con el marqués... Todo su mundo se vino abajo mientras se esforzaba por conservar la calma y secaba sus lágrimas pues no quería que nadie la viera así, especialmente el marqués...

Entonces escuchó pasos y tembló.

—Buenos días, mademoiselle Angelyn.

No era el marqués, era su fiel criada Melissa. Al ver que lloraba comprendió lo que pasaba y se acercó asustada.

—¿Qué le sucede, mademoiselle? ¿Por qué está llorando?

No entendía qué le pasaba y sin embargo debió imaginarlo al ver que estaba en la cama del marqués, no era tan boba de pensar que había pasado la noche allí como una invitada más.

—Me duele la cabeza y quiero regresar a mi habitación Melissa, creo que bebí demasiado vino anoche y estoy algo mareada—le confesó.

Su doncella la miró sin ocultar que se sentía algo mortificada por lo ocurrido.

—Aguarde aquí por favor, le traeré una tisana para su dolor de cabeza. Por favor, regrese a la cama si no se siente bien.

—Pero no puedo quedarme aquí, esta no es mi habitación.

—No se preocupe por eso, el marqués ha dicho que es su prometida y puede quedarse aquí... él no desea que regrese a su habitación, dijo que estará mejor aquí ahora, mademoiselle.

—Oh Melissa, ¿qué voy a hacer ahora? Perdí la cabeza, pero lo hice porque lo amo.

—Lo sé, mademoiselle, y creo que él también le ama por eso insistió en que se quedara.

—¿Tú lo crees, estás segura de eso?

—Bueno, disculpe que le dé mi opinión, sé que no es de mi incumbencia, pero... Todos saben que nuestro amo la adora y vela por su bienestar, no permitirá que nada malo le suceda y lo de buscarle un marido... fue una excusa. Hervía de celos de verla conversar con su primo Antoine, yo lo vi.

Angelyn sonrió al oír eso.

—¿Y por qué jamás me lo había dicho, por qué guardó silencio tanto tiempo?

—Bueno, él era casado señorita y luego ocurrió esa tragedia y pasamos momentos muy duros en Saint Auxerre. Usted lo sabe. No era momento para pedir matrimonio, pero ha ido a hablar con el padre Anselmo. Lo oí conversar con el mayordomo y su amigo Montnoire y me pidió que cuidara de usted. Déjeme ayudarla.

—Oh Melissa gracias por decirme estas cosas, es que tuve tanto miedo... no debí quedarme aquí y...

Aún sentía vergüenza de que su doncella y los demás criados se enteraran que había pasado la noche con el marqués, había perdido la cabeza, se había dejado llevar como una moza ardiente ansiosa de copular con su enamorado en los bosques. Ella era una dama, jamás debió ser tan imprudente y alocada... se había arriesgado demasiado entregándose por amor al marqués, pero ya era tarde para lamentarse y lo sabía.

Melissa la ayudó en todo lo que pudo, le preparó un baño y le llevó una tisana para calmar su dolor de cabeza. Y luego quitó las sábanas manchadas con mucha discreción y dejó la cama casi como nueva. Todo estaba arreglado y Angelyn comenzó a sentirse mejor, más calmada. De pronto notó que su doncella la miraba pensativa.

—Lo siento mademoiselle, quise decirle anoche pero no me atreví... Pero cuando él la invitó a sus aposentos sospeché lo que ocurriría—confesó de pronto Melissa.

La joven la miró sin ocultar su sorpresa.

—¿Pero ¿cómo podías sospechar que pasaría esto? No fue tu culpa ni tampoco... te habría creído si me hubieras dicho algo.

—Señorita, tarde o temprano pasaría... El marqués está loco de amor por usted, nunca dejó de buscarla, de seguir sus pasos y la miraba con tanto amor... Monsieur de Ferbes no iba a dejar que escapara ni que fuera la esposa de otro hombre. La quería para él y no tema porque no la dejará ir. Creo que la ama con locura no dude de eso, él la adora mademoiselle y los criados dicen que nunca estuvo tan interesado en una dama como en usted, jamás... ni en su esposa ni antes de casarse con ella.

Angelyn se emocionó al oír eso, no podía creerlo y de pronto tuvo sus dudas.

–¿Tú lo crees?

–Por supuesto que sí, mademoiselle. Créame porque es cierto. Es algo difícil para nosotros los criados de este castillo no tener ojos y ver cosas. Sabemos demasiado y eso es inconveniente a veces... pero hemos sido muy discretos y jamás dijimos una palabra de esto a nadie, se lo aseguro.

—Melissa, ¿entonces todos saben que pasé la noche aquí? —dijo la jovencita mortificada.

—No piense eso, todos la quieren y respetan señorita, usted es amable y no es arrogante, jamás ha ofendido a nadie. Los criados somos muy leales con el marqués, mademoiselle y queremos su felicidad y él necesita una esposa bonita y fuerte como usted que le dé hijos. Si usted lo ama mademoiselle, si le da hijos él será muy feliz. No debe sentirse mal por lo que pasó, él no es un hombre malvado, cumplirá como todo un caballero y la hará su esposa.

Angelyn se sintió más reconfortada luego de oír sus palabras.

—¿El marqués te dijo que me mudara aquí?

—Sí, lo hizo. Me pidió que trajera su ropa señorita, dijo que aquí estaría más cómoda porque es su prometida ahora y pronto serán marido y mujer y...

La joven observó los candelabros de la habitación apagados y los muebles que apenas había visto anoche y pensó que ya eran marido y mujer, pero todavía no estaban casados.

Cuando lo vio llegar para el almuerzo tembló, no pudo evitarlo.

—Buenos días, Angelyn—la saludó él y se aceró para besar sus labios. Lo hizo y luego la tomó entre sus brazos.

—¿Ya se os pasó el dolor de cabeza, ángel? —quiso saber.

—¿Cómo lo supo, Monsieur?

—Os vi hace un rato, pero llorabas y preferí dejaros conversar con Melissa, sabía que os sentiríais así. Pero quiero deciros que nada debe angustiaros ahora, nos casaremos en una semana en la capilla. Debo reunir tres testigos y unos pocos invitados por respeto a mi esposa que murió... no habrá festejos y será todo muy discreto.

—Lo entiendo, Monsieur.

—Y no habrá visitas esta semana así que puedes dar un paseo si deseas.

—Hoy no puedo, todavía me duele un poco la cabeza, creo que bebí demasiado vino anoche.

Él sonrió.

—Lo lamento preciosa...

La joven tembló al sentir su mirada, parecía disculparse por lo que había pasado anoche, pero eso no había sido exactamente su culpa.

—No diga eso, por favor—murmuró.

Él tomó sus manos y las besó.

—Es usted tan dulce, tan buena mademoiselle. Pero no merezco su perdón, lo que hice no estuvo bien. No me porté como un caballero sino como un bandido y le pido perdón. Y le aseguro que enmendaré el daño que le he causado lo antes posible.

Parecía arrepentido y atormentado por lo que había hecho y Angelyn también se sentía algo mortificada por haber cedido a sus deseos. Casi habría preferido encerrarse en su habitación y no dirigirle la palabra hasta que cumpliera su promesa de casarse con ella, pero no quiso hacerlo. Le ocurría lo contrario: quería quedarse a su lado, aunque sucumbiera a la tentación una vez más.

Pero esa noche él durmió en el vestidor, se alejó discretamente luego de desearle un descanso reparador. Ella se sintió aliviada, esa noche no quería que volviera a pasar, no hasta que tuviera un anillo en su dedo, ya le había dado la prueba de amor que le había pedido. Ahora debería esperar.

SIGUIERON DÍAS DE CALMA, los preparativos para la boda avanzaban con rapidez y al castillo llegaron cuatro amigos cercanos del marqués con su esposa para ser testigos de la unión, mientras los criados preparaban todo para el gran banquete yendo de un sitio a otro y la modista le tomaba las medidas para confeccionarle un vestido blanco de terciopelo con encajes y volados. Angelyn había hecho el dibujo y madame Louen hacía lo que podía con sus tres ayudantas que cortaban y luego hilvanaban. Se veía algo ansiosa de que todo estuviera perfecto porque también debía confeccionarle la toca, ese adorno que la cubriría de tul por completo y tuvo que hacer un largo viaje hasta el pueblo para conseguirlo.

Angelyn se sentía tan feliz de los preparativos, tenía la sensación de que cumplía un sueño anhelado, algo que jamás había creído posible en realidad.

Sin embargo, al anochecer sentía tristeza al verle alejarse rumbo a la habitación de vestir. Sabía que era lo correcto, pero... esa noche cuando fue a despedirle para desearle buenas noches ella lo miró y él la envolvió entre sus brazos y la besó, como si hubiera esperado ese momento con anhelo. Ese beso ardiente y apasionado la hizo temblar de deseo, deseaba tanto ser suya de nuevo, sólo una vez más antes de la boda.

—Ángel, debo irme, no puedo quedarme aquí—dijo el marqués agitado.

Pero ella lo detuvo.

—No, no os vayáis por favor...—le suplicó la joven desesperada.

Tenía un vestido de noche, ligero, color azul y esperaba que él se lo quitara y la hiciera suya. Deseaba tanto que lo hiciera.

Pero él luchaba por contenerse, parecía vacilar, sin embargo, su lucha duró muy poco, cuando la tomó entre sus brazos y la besó supo que se quedaría, lo haría. No podía evitarlo, también la deseaba y se moría por hacerla su amante de nuevo y lentamente la tendió en la cama sin dejar de besarla, de llenarla de caricias.

Angelyn gimió al sentir que su boca atrapaba sus pechos y luego su vestido caía al piso poco después. Un deseo desesperado la hacía arder la piel, sentía un calor intenso y un deseo abrumador de que la tomara... Oh, quería hacerlo de nuevo, volver a probar el pecado de la carne, era el pecado más delicioso que había cometido en su vida y lo sabía.

—Angelyn, preciosa, sois tan hermosa, tan bella...—dijo—pero si quieres que me vaya...

—No, no os vayáis por favor... Os amo tanto que ya no me importa el qué dirán ni nada, sólo quiero ser vuestra para siempre—le respondió ella desesperada.

El marqués sonrió y le dio un beso apasionado al oír eso.

—Y yo quiero que seáis mía para siempre hermosa, mi esposa y mi amante apasionada... Ven aquí...—dijo y se desnudó con prisa y volvió a besarla hasta que atrapó su cintura y la hizo suya en un santiamén.

Estaba en su sexo, esa inmensidad estaba en ella y la rozaba haciéndola sentir su fuerza y pasión. Era maravilloso tenerle allí, despertaba en ella sensaciones únicas, sintió que era el paraíso y que la cópula era una necesidad imperiosa y desesperada. Se miraron mientras lo hacían, él cayó sobre ella y la inmovilizó contra la cama y Angelyn lo abrazó.

—Te amo cielo...

—Y yo te amo Maurice... jamás imaginé que sería así, que sería tan maravilloso ser tu amante...—la joven sonrió al decir eso.

—No eres mi amante ángel, eres mi prometida, mi mujer, y mi futura esposa. Ven aquí...

Angelyn sintió que la llenaba con su simiente y deseó tanto que la dejara preñada esa noche... Dios, estuvieron horas haciéndolo y sólo luego de la tercera vez que la llenó de su semilla se sintió satisfecho.

Pero entonces le confesó que le haría el amor toda la noche.

—¿De veras? —preguntó ella risueña.

Estaban abrazados y pensó que él estaría satisfecho, no imaginó que pudiera hacerle el amor toda la noche.

—Lo haría hermosa, os haría el amor hasta dormirme entre tus brazos, fundido en tu cuerpo—dijo y le dio un beso profundo.

Se moría por hacerlo de nuevo, pudo sentir cómo su virilidad se endurecía con rapidez y eso la excitó y lo alentó a seguir.

A la mañana siguiente luego de asearse y desayunar tenían pensado realizar un paseo a caballo por el bosque y sus invitados aguardaban en el salón principal, pero se produjo un retraso. Cuando él la ayudaba a vestirse y le encantaba hacerlo, besó su espalda y le dijo al oído que se moría por hacerle el amor.

Ella tembló de la excitación, sentir sus manos en su piel y sus besos también habían encendido su deseo.

—Ven aquí preciosa, me muero por llenarte de besos—dijo y comenzó a desvestirla arrastrándola lentamente a la cama. Echó los cortinados para tener más privacidad y al verla desnuda su miembro quedó erguido por completo.

Se detuvo para mirarla desnuda, sus piernas torneadas y esos pechos llenos y redondos de aureolas rosadas y pequeñas eran perfectos, y comenzó a besarlos, a succionar de sus pequeños pezones hambriento de ella, pero quería sentir la dulzura de su vientre y lo hizo, lentamente la convenció de que lo dejara hacerlo y al sentir su boca hambrienta y desesperada Angelyn gimió y sus manos atraparon las sábanas primero y luego acariciaron su cabello.

Esas caricias intimas la volvieron loca y al sentir su lengua acariciar los pliegues de su sexo pensó que era maravilloso, y cuando introdujo su miembro en su vagina estaba completamente desesperada. Tenerle allí la colmaba de placer y también calmaba sus ansias de sentir que era suya por completo, tan suya... y luego cuando la llenó con su placer fue lo máximo, cuando detuvo su miembro y expulsó hasta la última gota sintió que todo su cuerpo convulsionaba de placer y no podía dejar de moverse y fue tan fuerte el placer que recorrió su cuerpo que cayó laxa y feliz... nunca imaginó que podría sentir un placer tan intenso.

Él sonrió y le dio un beso intenso y apasionado.

—Creo que hoy suspenderé la cacería del tesoro hasta la tarde–le dijo luego al oído.

Ella lo miró algo sonrojada y bastante escandalizada.

—OH Maurice ¿pero ¿qué dirán sus invitados? —replicó Angelyn algo espantada.

—¿Y eso qué importa, ángel? Ven aquí... prefiero mil veces que quedarme en nuestro lecho que salir a cabalgar—respondió el marqués llevándola de regreso a la cama. No podría escapar y en realidad no quería hacerlo...

U NA SEMANA DESPUÉS se casaron en la capilla del castillo con unos pocos invitados y testigos de la unión. Entraron a la Iglesia tomados de la mano y Angelyn miró a su alrededor nerviosa como si temiera que algo pudiera impedir la boda. Fue como un extraño presentimiento que sólo se disipó a medida que transcurría la ceremonia.

La misa fue breve, la misa para celebrar su unión fue dicha en latín y ella no entendió palabra, pero se emocionó cuando el padre los declaró marido y mujer y el marqués puso un anillo de grueso oro y rubíes incrustados en su mano derecha. Ahora era su esposa, lo era... y eso le dio tanta felicidad, era como un sueño hecho realidad. Había llegado a ese castillo para casarse con Etienne de Ferbes y ahora sería la esposa del marqués. Pero sabía que era una unión anhelada y que nunca habría sido feliz si se hubiera casado con Etienne. Y a pesar de que en su momento se sintió triste y abandonada, ahora sabía que a pesar de todo el señor le había dado una nueva oportunidad en esta vida para casarse con el hombre que amaba.

Ya eran marido y mujer y el banquete aguardaba, toda una vida para amarse y ser felices. El padre les dio su bendición y luego sus amistades se acercaron y hasta su doncella Melissa había sido testigo del matrimonio y estaba muy bonita con un vestido color pastel de terciopelo.

Sonrió emocionada cuando él la besó y le dijo que era dulce y hermosa. Su mirada tan llena de amor y pasión... Sabía que nunca encontraría un esposo más apasionado y ardiente que el marqués, y que ser su esposa era la recompensa más anhelada y dulce luego de tantas dudas y dolor...

Pero entonces escuchó unos gritos de entre los presentes. Unos gritos airados de un caballero que luchaba por hacer paso y llegar hasta el altar ... No podía estar ocurriendo. La joven tuvo que volverse para descubrir quién era el miserable que planeaba arruinar el momento más importante de sus vidas.

—Padre Anselmo usted no puede celebrar esta boda, no puede hacerlo. Esta boda no puede celebrarse—protestó un hombre alto y rubio, de noble semblante.

No era un criado ni un hombre común, debía ser un caballero de noble linaje por su atuendo. ¿Pero quién era y por qué quería gastarle esa broma de mal gusto? Porque todo debía ser una maldita broma, pensó entonces Angelyn mirando al desconocido ofuscada.

El hombre en cuestión se acercó hasta el altar, nadie pudo detenerle y entonces se vieron cara a cara y Angelyn chilló espantada cuando llegó hasta ella pues tuvo miedo de que le hiciera daño. Era un hombre muy alto y fuerte, de cabello rubio muy corto y ojos de un verde oscuro. Era un desconocido, nunca lo había visto en su vida y sin embargo algo en su rostro le resultó raramente familiar. Al

—Vaya, así que tú eres Angelyn de Poitiers, encantado bella dama—dijo mirándola con una sonrisa burlona y maligna.

No le conocía, nunca le había visto en su vida, pero al parecer él sabía su nombre y lo más alarmante fue que Maurice sí lo conocía y lo apartó de ella casi a empujones.

—Aléjate de mí prometida ahora o juro que lo lamentarás—le dijo y miró al padre Anselmo desesperado—Padre, continúe con la ceremonia por favor.

—Vaya, ahora entiendo, Maurice. Tú me hiciste creer que la joven había muerto de gripe, que mi novia había muerto y que no debía venir para no contagiarme. Todo el tiempo me habéis engañado, me habéis mentido enviándome un retrato de una joven poco agraciada y con el rostro picado de viruela. Tú mi hermano, mi único hermano me habéis traicionado para quedaros con esta hermosa mujer. Ahora entiendo... por eso me enviasteis esa carta inventando cosas que no eran.

Maurice de Ferbes se plantó delante de su hermano mirándole con odio, sin asomo de culpa o vergüenza, sus ojos cafés brillaban de malicia y celos.

—Has llegado tarde, muy tarde porque ahora Angelyn es mi esposa. No puedes impedir esto ni oponerte a la boda, Etienne, porque el padre Anselmo acaba de casarnos.

El cura miró a ambos con expresión consternada esperando alguna explicación razonable, pero fue Angelyn quien exigió una explicación.

—¿Qué ha sucedido aquí, Monsieur de Ferbes? No logro comprender nada... ¿Por qué este caballero lo acusa de haberle robado a su novia? ¿Quién es él?

El marqués miró a su esposa y luego al capellán.

—Lo siento preciosa... os mentí. Él es mi hermano menor Etienne. Mi hermano se encontraba en París para cuidar nuestro negocio de vino, yo le pedí que se quedara un tiempo más de lo acordado porque cuando os conocí pensé que no podría permitir que fuerais suya. Y lo engañé, le envié una miniatura vuestra diciéndole que erais poco agraciada y de mal carácter para que desistiera de desposaros.

Angelyn miró a uno y a otro aturdida.

—¿Vos sois Etienne? —preguntó sin dar crédito a lo que veía.

Su antiguo prometido. Y a juzgar por su expresión estaba furioso.

—Sí madame, soy yo... estabais prometida a mí por un documento que tengo aquí en mi poder, pero mi hermano me ha engañado. Mirad el retrato que el marqués que me envió para hacerme desistir de la boda—dijo y le mostró el retrato oval de una joven muy poco agraciada de cabello rubio y el rostro picado de viruela. ¿Pero a quién pertenecía ese cuadro? No se parecía en nada a ella, sólo el caballo.

Miró a su marido espantada, no podía creerlo, le hizo creer que Etienne no quería casarse con ella y que se había casado con la hija de un mercader parisino. Los colores subieron a su rostro al sentir todas las miradas sobre ella.

Allí estaba Etienne, su antiguo prometido y al parecer ambos habían sido engañados. No se había casado con otra dama como le dijo. El joven se apartó, pero se negó a marcharse, todavía tenía mucho que decir, necesitaba desahogarse. Estaba furioso y herido al comprender el verdadero alcance de la traición de su hermano. ¿Cómo pudo ser capaz?

Bueno, allí estaba la respuesta. Él la miró con fijeza.

—Ahora comprendo por qué lo hizo... —dijo luego—mi prometida es una joven dulce y hermosa y tengo aquí el documento que puede anular esta ceremonia. Vaya, ni siquiera habéis respetado el luto por la muerte de vuestra esposa Maurice, os habéis casado a pocos meses de perecer la pobre Delphine. ¿Es que habéis perdido el juicio? Padre, usted ha casado a mi prometida con otro hombre, con mi hermano. Esta boda debe ser anulada de inmediato. Tengo en mi poder este documento que dice que la señorita Angelyn de Poitiers es mi prometida.

La novia miró al padre con desesperación. Podía entender al marqués, podía comprender que había cometido un acto de debilidad por amor, pero no podía permitir que Etienne arruinara su boda. Y desesperada miró al marqués y luego al sacerdote.

—Padre Anselmo por favor, no puede anular nuestra boda, se lo ruego.

Pero al parecer su prometido traía consigo ese documento que la convertía casi en esposa de Etienne, pues la prometía a él cuando cumpliera los dieciocho años y la boda debía celebrarse en el plazo de dos años luego de esa fecha.

El capellán observó el documento y dijo con mucha calma que esa boda no podía deshacerse.

—Lo lamento mucho Monsieur Etienne, pero sólo los contrayentes pueden pedir la anulación, no usted. Además, había oído que usted se había casado con una joven en París.

Etienne enrojeció.

—¿Así, eso le dijo padre? Pues no es verdad, no me casé con ninguna joven.

Angelyn lloró, no podía creer lo que había pasado cómo en un momento el momento más feliz de su vida se había convertido en una auténtica pesadilla.

—Pero no puede casarse con ella, no puede desposar a mi prometida. Angelyn es casi mi esposa, este documento así lo dice.

El padre vaciló y el marqués decidió intervenir apartando a su hermano a empujones.

—Me temo que es tarde Etienne, vos jamás vinisteis a ver a vuestra prometida. No querías casaros, lo dijisteis con claridad cuando os vi en París hace unos meses. Dijiste que anularías ese documento.

—Maldito traidor mentiroso, me habéis arrebatado a mi novia. El retrato era falso, sólo querías apartarme de ella. No tenías derecho a ello, tú tenías esposa maldita sea, tenías esposa. Pero he venido a reclamar lo que me pertenece y esta boda no es legal, no lo será. Cuando supe que estaba viva y era hermosa, cuando el primo de tu esposa me lo dijo en una tertulia parisina supe que algo no andaba bien y vine aquí a verlo con mis ojos porque no podía creer que mi propio hermano me hubiera traicionado. Pero no me sorprende, siempre te han gustado las damas hermosas y has traicionado a tu sangre por una damita con cara de ángel. Ahora te aseguro que no permitiré que te salgas con la tuya, Angelyn era mi prometida y será mi esposa, te guste o no.

—Pero ella es mi esposa y si te atreves a hacer algo al respecto te mataré. Juro que te mataré.

Etienne estaba furioso pero el marqués lo estaba mucho más y lo golpeó y repitió su amenaza de matarle si se atrevía a anular su matrimonio. En un momento se enfrentaron a los golpes como dos gallos de riña y nadie pudo detenerlos.

—Jamás oséis acercaros a mi esposa, no os atreváis porque juro que os mataré y ahora regresad a París porque Saint Auxerre es mi castillo y no seréis recibido de nuevo aquí, nunca más—le advirtió el marqués.

Se dijeron cosas terribles y Etienne supo que había perdido la batalla y mirando a la que debió ser su esposa le dijo:

—Vuestro esposo es un tramposo y un mentiroso, ahora me pregunto si su esposa Delphine realmente habrá muerto de la epidemia o fue él quien la quitó del medio porque le estorbaba. Porque si traicionó a su propia sangre ¿qué no habría hecho con una esposa celosa y regañona como lo era la desdichada?

Angelyn se alejó llorando, la penosa escena de la riña entre los dos hermanos, trenzados como villanos había sido muy fuerte y su esposo tenía el rostro magullado y Etienne también. No podía creer que hiciera eso, que la engañara primero y luego mintiera a su hermano para separarlos, haciéndole llegar un retrato falso... Tuvo deseos de huir, de huir muy lejos de ambos, pero entonces tuvo que enfrentarse a su mirada y supo que no podría hacerlo. También era tarde para ella, tarde para escapar, amaba al marqués, lo amaba a pesar de sus mentiras y trampas.

Secó sus lágrimas y él tomó su mano diciéndole cuánto lo sentía.

Etienne se apartó comprendiendo que su presencia era tan ingrata como el secreto que acababa de develar.

Pero la voz firme del padre Anselmo puso fin a la escena de amor.

—Necesito hablar con los contrayentes ahora en privado, por favor—declaró.

El marqués miró a su novia con fijeza, por primera vez se veía levemente asustado como si el llamado del padre lo tomara por sorpresa.

Etienne observó t0do a distancia, aguardando expectante.

El padre los llevó a la sacristía y los miró con expresión muy seria.

—Señor marqués, lo que has hecho es muy grave... no sabía que era la prometida de vuestro hermano y que vuestro padre había firmado este acuerdo nupcial. Es un compromiso y ahora... no sé si deba anotar esta boda aquí o anularla. Temo que me habéis puesto en un aprieto espantoso.

Angelyn se estremeció de terror al oír eso pues comprendió que el capellán planeaba anular la boda... pero esa boda no podía deshacerse.

El marqués también se asustó al oír eso.

—Padre Anselmo por favor, no lo haga, se lo ruego... le pido perdón, por favor comprenda que me enamoré violentamente de Angelyn y luego... cometí un error, lo sé. Y lo lamento, pero no puede anular nuestra boda, no puede hacerlo.

—Padre por favor—intervino Angelyn y se sonrojó al sentir la mirada de su esposo. Porque ya habían consumado el matrimonio un montón de veces y si la obligaban a casarse con Etienne moriría, no podría soportarlo.

El padre se veía atormentado y consternado, no hacía más que hablar del documento firmado por el difunto marqués porque quería asegurar la boda de su hijo menor.

—No comprendo qué locura te llevó a hacerle tanto daño a tu hermano, Maurice, te conozco que eras un crío y no puedo imaginar qué tentación se adueñó de tu corazón para hacer todo esto. Has llegado demasiado lejos y ahora temo que esta boda no sea legal, me pregunto si el sacramento puede deshacerse porque tu novia está casi casada con tu hermano menor y tú... mentiste y apartaste a esta joven de su prometido haciéndole creer que él ya se había casado. Pero tu hermano jamás se casó, sabía de sus obligaciones y al parecer no regresó antes porque tú se lo impediste en varias ocasiones. Llegaste a decirle que su prometida había muerto... eso fue muy osado, hijo.

El marqués enrojeció.

—Padre, lo siento, sé que no tengo excusa para hacer lo que hice excepto una: que me enamoré de Angelyn el día que la vi. Hice todo esto porque la amo y no podría vivir sin ella, por favor... no puede anular nuestra boda.

—Sí puedo hacerlo, marqués. Temo que su matrimonio ha de tener las debidas garantías para que sea leal y sus hijos futuros sean reconocidos en este libro y esta joven ya estaba comprometida.

Angelyn pensó que era tiempo de intervenir.

—Padre, yo no sabía nada de esto... me habría casado con Etienne, se lo aseguro, vine a Saint Auxerre porque al morir mi padre supe del acuerdo del difunto marqués de Ferbes con él... pero ya no puedo casarme con Etienne, no puedo hacerlo padre ni aceptaré como esposo a otro hombre que no sea Monsieur de Ferbes—dijo y lloró.

El padre la miró espantado.

—Pero hija, era la voluntad de vuestro padre que os desposarais con el joven Etienne, no podéis negaros.

—Padre, no me casaré con Etienne porque acepté casarme con Maurice porque lo amo y si anula nuestra boda no querré casarme con nadie más. No lo haré y nadie me obligará a aceptar a mi cuñado como marido ahora. Usted acaba de casarnos padre, acaba de darnos su bendición.

El marqués la abrazó y ella lloró en sus brazos, tan desesperada. De todo lo malo que acababa de descubrir lo que realmente la llenaba de angustia era pensar que la separarían del único hombre que amaría en toda su vida.

Y al verla tan afligida el padre guardó silencio y fue su esposo quién habló.

—Lo siento mucho Angelyn, perdóname... tú eres inocente de mi mal proceder... os mentí y por eso os pido perdón. Pero seréis mi esposa, no os aflijáis, nadie podrá separarnos ahora...

El padre Anselmo no pensaba igual.

—Monsieur marqués, ¿es que no piensa un poco que su hermano puede usar este documento para hundirle en el futuro y decir que los hijos que nazcan de su matrimonio no son legítimos? —intervino.

El marqués lo miró con gesto furibundo.

—Mi hermano jamás ha sido sensato padre, lo envié a París para que tuviera un porvenir porque usted conoce su carácter. Es cambiante y si vino aquí hoy no fue por su sentido del deber, él no quería casarse con esta noble dama, padre. Me lo dijo muchas veces. No quería sentirse atrapado por una mujer como yo lo estaba. Y por eso, porque no podía hacerle madurar lo envié a Paris y ahora es un mercader muy próspero. Conseguirá pronto una esposa seguramente.

—Pero vos le habéis arrebatado a su prometida y él ha venido a reclamarla, y tiene derecho a hacerlo, este documento invalida vuestra unión.

El marqués sostuvo su mirada furiosa.

—Entonces romperé el maldito documento en mil pedazos padre, lo haré. Y que no se hable más de este triste asunto, ya está hecho, Angelyn es mi esposa mi padre, lo es, y nadie tendrá dudas de eso.

Y tras decir eso, el marqués arrebató el bendito documento al capellán y lo rompió en pedazos.

El padre Anselmo lo miró horrorizado.

—No puedes hacer esto, hijo. Alguien más sabrá de ese arreglo y eso será tu ruina un día. El matrimonio de un noble jamás debe tener una sombra así, debes recuperar la sensatez y devolverle la novia a vuestro hermano. Él nunca os perdonará por esto, os enemistaréis con él para siempre.

–Padre Anselmo, durante años cuidé de mi padre enfermo y luego de mi hermano, fui un buen esposo con Delphine, pero ella jamás me hizo feliz, usted lo sabe, padre, pues fue mi confesor durante años. Esta joven es inocente de todo, y la amo, la amo porque es dulce y buena. Madame Angelyn es mi esposa y nadie va a declarar nulo mi matrimonio, si usted lo hace iré a Paris a casarme, a dónde sea, padre. Lo haré. Nada impedirá que convierta a la joven que amo en mi esposa para siempre.

Con el documento destruido y la firme determinación del marqués nada pudo hacerse, esa boda sería celebrada y consumada como correspondía. Sólo podía dejar las cosas como estaban. Porque al parecer la jovencita tampoco deseaba pedir la anulación.

EL MARQUÉS TOMÓ SU mano y la llevó a sus aposentos para que pudieran estar a solas antes de la pequeña fiesta. No pensaba suspender los festejos y dio órdenes a los sirvientes de que se sirviera el banquete en dos horas para los invitados, luego ellos irían al salón principal.

Angelyn lo miró con los ojos húmedos, angustiada. Pensaba en las amenazas del padre, en las duras palabras de Etienne sobre anular su boda y pensó que todo era tan siniestro e irreal... no podía estar ocurriendo, no el día de su tan anhelada boda.

Maurice se acercó y la abrazó. Estaban a solas en su habitación nupcial y necesitaban ese momento para estar a solas y conversar.

—Lo siento mi amor, perdóname... todo esto es mi culpa. Debí decírtelo, pero temí que si lo hacía tú me vieras con otros ojos y no quería que eso pasara. Etienne no quería casarse contigo, decía que era muy joven y pensé que si lo desanimaba... finalmente desistiría—le confesó.

—Entonces vuestro hermano... nunca estuvo casado y tú...

—Mi hermano no quería casarse, en eso no mentí. No deseaba esta boda y cuando supo que vendríais se marchó unos días antes dejando una carta diciendo que asuntos urgentes requerían su presencia en París. Y no regresó, sabía que vendrías y envió una carta excusándose. Y yo tuve que disimular por supuesto, tratar de fingir que nada pasaba.

—¿Entonces huyó?

—Sí, lo hizo y yo no podía deciros eso. Romperos la ilusión de esa forma. Creo que me enamoré de ti cuando os entrasteis en ese salón, cuando os vi por primera vez. No imaginé que la hija del barón de Poitiers fuera tan dulce y hermosa y a pesar de que sabía que debíais casaros con mi hermano jamás perdí las esperanzas porque sabía que un día seríais mi esposa.

—Pero le dijisteis que era fea y luego... que había muerto durante la epidemia de gripe. Os habéis enemistado por mi culpa y no era necesario... No debéis pelearos por mí, tenéis que disculparos con vuestro hermano, Maurice, debéis hacerlo, explicarle vuestras razones.

La mirada de su esposo cambió.

—No, no lo haré... Luché mucho por este momento, porque fuerais mía, mentí, engañé, pero jamás os mentí mi ángel, jamás lo hice.

—Pero es vuestro único hermano... Reconoced vuestro error y tratad de solucionar esto. No quiero ser la causa de vuestra disputa.

—Etienne no me perdonará, pero no me importa, sabía que esto pasaría, pero no me importó, estoy loco por ti Angelyn, ¿es que no lo veis? Además, él necesitará tiempo para superar esto, ángel, no será sencillo para él perdonarme, pero ahora no quiero pensar en eso. Sólo quiero vuestro perdón ahora. No quise engañaros ni hacer lo que hice, pero no había otra forma de que fuerais mi esposa. Y en cuanto a la otra acusación quiero deciros que es una injuria, jamás hice daño a Delphine, era mi esposa y la cuidé hasta el fin, pero nunca tuvo salud y esa epidemia fue devastadora.

—Lo sé... sé que estuvisteis a su lado y quiero deciros que jamás creí lo que dijo, fue muy cruel pero tal vez lo hizo porque estaba furioso. Perdónale.

—Bueno, fue muy injusto porque tal vez hice todo esto por amor, os robé de mi hermano, mentí, lo hice, pero jamás le habría hecho daño a Delphine para que fuerais mi esposa.

—Está bien, os creo y a pesar de todo me alegra que fuera así. Porque ahora sé que estaba destinada a ti, Maurice... te amo y creo que lo más doloroso fue pensar que nuestra boda sería anulada.

Él la rodeó con sus brazos y la estrechó con fuerza.

—Eso no pasará, no lo permitiré... Ven aquí, eres mía, ángel, y ahora eres mi esposa, lo eres y siempre lo serás. Sólo la muerte podrá alejarme de ti un día, pero ni siquiera eso porque vaya a donde vaya siempre estarás en mi corazón como la única mujer que amé en mi vida.

Ella lloró al oír esas palabras.

—Oh Maurice...os amo tanto.

Él la llevó lentamente hasta su lecho, se moría por hacerle el amor y ella tembló de deseo al adivinar sus intenciones. Se moría por estar con él y cuando comenzó a desvestirla no pudo resistirse. Quería ser suya y olvidar esa horrible angustia que sentía. Y él sentía lo mismo porque no pudo esperar a quitarle el vestido por completo para hacerle el amor con desesperación, para introducir su miembro en su vagina haciéndole sentir toda su fuerza y vigor.

Angelyn gimió de placer al sentir que la llenaba y la abrazaba con fuerza. Era su esposo, suyo, y nadie podría apartarla de él jamás, nada ni nadie...

PERO EL RECUERDO DE lo ocurrido el día de su boda perduró en su corazón. Angelyn no dejaba de pensar en lo ocurrido y en preguntarse qué haría ahora Etienne quien había sido expulsado por su hermano del castillo el mismo día de la boda. No le agradaba pensar que pudiera hacer algo para vengarse, algo que en el futuro todos podrían lamentar.

El padre Anselmo no había anulado la boda y la misma había sido anotada en los libros de la iglesia y sintió alivio al ver el certificado con los sellos que le había entregado el capellán al marqués. Eso le decía que estaban legalmente casados, pero le costó un poco superar el terror que había sentido ese día cuando llegó el hermano de su esposo para contar lo que había hecho Maurice.

Necesitaba tiempo para olvidar lo ocurrido y también para adaptarse a su nuevo rol como la marquesa del castillo de Saint Auxerre.

Ahora los criados le hacían reverencias y la llamaban madame marquesa, pero eso no la hacía sentir soberbia, en realidad no deseaba ser como madame Delphine y tener que organizar todas las semanas una fiesta, o un té. Cuando le habló a su esposo de ello él dijo que no era necesario dar fiestas si no deseaba hacerlo.

Su boda había salido en todos los periódicos con la fotografía de ambos y eso le provocó una emoción especial. Y lentamente comenzaron a llegar visitas a Saint Auxerre, amigos y parientes de su esposo.

Los días de sol estaban en su esplendor y Angelyn descubrió cómo las praderas se llenaron de flores y todo reverdecía a su alrededor. El verano había llegado al castillo.

Acababa de cumplir tres meses de casada cuando supo que estaba esperando un hijo y fue una emoción tan grande que lloró.

Estaba allí, en su vientre que comenzaba a endurecerse lentamente y a crecer.

Debió quedarse embarazada en las primeras noches de amor, tenía tres meses de preñez, Melissa se lo había dicho. El bebé nacería a comienzos de invierno pues había sido engendrado a comienzos de primavera.

No podía seguir guardando ese secreto, sabía cuánto deseaba su esposo un heredero y esa noche, luego de hacer el amor le dio la feliz noticia.

Él se puso muy serio y besó sus labios y tocó su vientre emocionado y feliz.

—Preciosa me has hecho tan feliz... el hombre más feliz ángel. Un hijo, nuestro hijo, el fruto de nuestro amor...–le dijo.

Angelyn lloró emocionada. Ahora su dicha era completa y mientras celebraban dando un paseo por los jardines pensó cuánto había cambiado su vida en esos últimos meses. Pero ahora su felicidad era mayor porque tenía un hijo en su vientre, el fruto del amor y sabía que les esperaban muchos días de amor y felicidad y niños, soñaba con llenar esos jardines de niños...